中国历代通俗演义故事·农闲读本

三国演义

原著 罗贯中
编著 彭文良 刘雪梅
插图 李娜

吉林出版集团股份有限公司

图书在版编目(CIP)数据

三国演义／彭文良，刘雪梅改编. —长春：吉林出版集团股份有限公司，2008.11(2023.8 重印)
(中国历代通俗演义故事：农闲读本)
ISBN 978-7-80762-951-1

Ⅰ.三… Ⅱ.①彭…②刘… Ⅲ.章回小说—中国—明代—缩写本 Ⅳ.I242.4

中国版本图书馆 CIP 数据核字(2008)第 165860 号

SANGUO YANYI

书　　名　三国演义
出版策划　崔文辉
责任编辑　赵晓星
出　　版　吉林出版集团股份有限公司
　　　　　(长春市福址大路 5788 号，邮政编码：130118)
发　　行　吉林出版集团译文图书经营有限公司
　　　　　(http://shop34896900.taobao.com)
制　　作　猫头鹰工作室
电　　话　总编办 0431-81629909　营销部 0431-81629880
印　　刷　三河市金兆印刷装订有限公司
开　　本　889×1194 毫米　1/32
印　　张　6.25
字　　数　102 千字
版　　次　2008 年 11 月第 1 版
印　　次　2023 年 8 月第 2 次印刷
标准书号　ISBN 978-7-80762-951-1
定　　价　38.00 元

(如有印装质量问题请与出版社调换。联系电话：18533602666)

前　言

　　《三国演义》，又称《三国志演义》《三国志通俗演义》，是关于东汉末年和魏、蜀、吴三国的历史故事，三国故事于唐宋之际，在民间非常流行，元末明初的罗贯中把民间流传的故事加以艺术地演绎，最后形成了这部通俗小说。

　　《三国演义》所呈现的不只是战争或者是一段特殊时期的历史故事，我们可以进行多角度的理解，从中吸取多种营养。

　　首先，可以把《三国演义》当成一部关于智慧的书籍来读。在那个充满斗争的乱世之中处处需要智慧，人人充满智慧。三国故事，直接的斗争表现为刀光剑影、战火硝烟，而隐蔽的斗争则是各国主帅、谋士之间智慧的较量。谋士的献策献计自不用说，就是像吕布这样的武夫也偶尔懂得略施小计，至于曹操的智慧就更让人折服：濮城反败为胜，樊城大败刘备，长安离间马超、韩遂，官渡以少胜多，征乌恒坐以待变等等，显示了曹操作为一个杰出领袖的非凡智慧。

　　其次，可以把《三国演义》当成一部关于感情的书籍来读。忠义是其中最为推许的一种感情，关羽、张飞对刘备，黄盖、程普对孙权，徐晃、许褚对曹操，无不尽忠尽义，忠心耿耿。各种感情在其中穿插交织，值得我们细细体味。比如曹操在小说里被塑造成一个"奸贼"的形象，凶残而险恶！可是他自己的父亲在徐州被杀，他起兵屠城，杀掉徐州数万人，暴露出曹操的亲情何等狭隘。他对部下恩威兼用，目的只在笼络一批人为自己卖命，但是他与少数将领确实存在着相互信任和相互报答的真感情。比如典韦因为救他而丢了性命，曹操在出征过程中几次设坛祭奠，每次都痛哭涕流，也极其感人。总之曹操除了残忍奸诈之外，也是一个有血有肉、有情有义的人。只是曹操的感情，富于变化，有时让人摸不着头脑，更反衬出他的奸险。

再次，还可以把《三国演义》当成一部关于历史的书籍来读。《三国演义》所叙时间起于公元184年，止于公元280年，所叙故事基本符合历史事实。我们阅读它可以在一种很轻松的心态下了解这一段久远的历史。

《三国演义》原书接近百万字，按照出版要求，改编成十万字的通俗读本，笔者只能选择其中的精彩回目重新组织。《三国演义》塑造的正面形象是刘备，反面人物是曹操，所以本书的叙述起于桃园结义，而止于曹操病卒，中间的故事，力求能够全面反映当时的斗争面貌。曹操和魏国是三国时期斗争的焦点所在，所以本书主要讲述曹操和魏国的故事，兼及蜀、吴两国。在结构上，既想做到上下之间有关联、有照应，又希望每一回都独立成篇。语言上，力图做到通俗易懂。因为时间仓促，编者本人水平有限，其中有很多不尽人意之处，希望读者朋友谅解，并指正！

编　者

目录

第一回

宴桃园豪杰三结义
斩黄巾英雄首立功

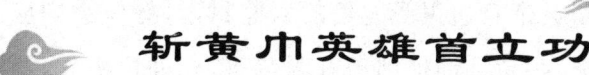

东汉灵帝的时候，宫中张让、赵忠、封谞、段珪、曹节、侯览、蹇硕、程旷、夏恽、郭胜等十个太监相互勾结，扰乱朝纲，被称为"十常侍"。可是汉灵帝却非常宠信这十个人，竟然称张让为"阿爸"。朝政一天比一天坏，以致天下混乱，盗贼四起。

当时巨鹿郡有兄弟三人，分别叫张角、张宝、张梁。那张角本来是个秀才，因为上山采药，偶然遇到一个老人，把张角叫到一个洞中，给了三卷天书，对他说："这书叫《太平要术》，你拿到后，去向天下人宣讲，解救那些受苦受难的人；但是，如果你要是萌生坏主意，一定会遭受恶报的。"张角拜谢，问老人姓名，老人说他是南华老仙，说完，化为一阵清风不见了。张角得到这本书后，不分白日昼夜的学习，最后练成呼风唤雨的本事，自称为"太平道人"。中平元年，瘟疫流行，张角到处散施符水，为人治病，又称自己为"大贤良师"。张角最初有徒弟五百多人，散布四方，都懂得画草符、念咒语。后来徒弟越来越多，张角于是把这些人编成三十六个团队，大的团队有一万多人，小的也有六七千人，每个团队指定一个负责人,称为"将军"。青、幽、徐、冀、荆、扬、兖、豫八州等地,家家侍奉着大贤良师张角的名字。张角觉得时机已经成熟,想带领他的徒弟们发动叛乱。张角先派手下马元义,带着重金前去贿赂灵帝身边很受宠信的太监封谞,好作为内应。中平元年夏天,张角一面悄悄地赶制黄旗,到处拉拢人,约定起义时间;一面派弟子唐周,送信给太监封谞。唐周来到京师,没想到这事被提前泄露了,灵帝派大将军何进率兵捉住马元义,杀掉了;然后把封谞等人抓起来。唐周立即回去报告了张角,张角听说事情败露,连夜起兵,自称"天公将军",封张宝为"地公将军",张梁为"人公将军"。到处传播流言,说汉朝气数已尽,他就是当今的圣人,只要大家跟随他,可以永远享受太平。短短几个月,四方百姓,裹着黄色头巾,跟着张角造反的居然达到四五十万。一时间,声势浩大,所到之处,官兵都抵挡不住,望风而逃。灵帝马上命令各地加强防御,同时派中郎将卢植、皇甫嵩、朱俊,各带精兵,分三路镇压黄巾起义。

张角打到幽州,幽州太守刘焉,采用了校尉邹靖的建议,马上出榜招募士兵,准备抗击张角。榜文传到涿县,涿县有一个叫刘备的人也来看榜。这个刘备不喜欢读书,性格忠厚和蔼,不爱多说话。他胸有大志,常想建功立业,专门喜欢结交天下豪杰。刘备长相奇特,两只耳朵垂到了肩上,双手下垂可以超过膝盖,眼睛能够看到自己的耳朵。他的远祖是中山靖王刘胜,太祖就是汉景帝。刘胜有个儿子叫刘贞,汉武帝的时候封为涿鹿亭侯,刘贞的后代于是都生活在涿县。刘备的父亲刘弘，年轻时候被推举为孝廉，曾经做过官，不过死得早。刘备从小是个孤儿，不过对母亲特别孝顺。刘备家很穷，靠织席子、卖草鞋为生。他家门口有一棵大桑树，有五丈多高，远远看去，就像车盖一样。会看风水的人都说："这家一定会出贵人。"刘备小的时候，和小朋友在树下玩耍，经常说："我以后做皇帝，我就用它做车盖。"他叔叔从来对刘备就很看重，经常说："这个小孩不一般!"他看见刘备家穷，经常资助刘备。刘备十五岁的时候，就远出游学，曾经拜郑玄、卢植为老师，刘备与公孙瓒等当时的名人关系都很好。

刘焉发榜招兵的时候，刘备已经二十八岁。当时看了榜文，觉得国家多灾多难，忍不住叹气。没想到一个人在背后大声责问刘备："大丈夫不去替国家出力，却在这里叹什么气?"刘备回头一看，只见一个人恶狠狠地看着自己，相貌奇特，圆脸大眼，密胡须，虎背熊腰的样子。刘备问他的姓名。他说自己叫张飞，世代居住在涿郡，以卖酒杀猪为生，家里还算有点财产。刘备也把自己的名字告诉了张飞，说："我本来是皇室宗亲，听说黄巾贼作乱，想去为国家效力，却恨自己太穷，做不了什么，所以只能长叹。"张飞当即说："我有些家财，可以招募一些乡勇，帮助你成就大事。"刘备听了很高兴，于是两人一起到酒店去喝酒。

刘备和张飞正在喝酒，只见一个大汉，推着一辆车，停到店门口，大步进店坐下，大声喊酒保："快倒酒来吃，我吃完还要赶到城里去投军。"刘备看这个人长相不凡，就走过去邀他一起喝酒，边喝边聊，刘备知道这个人叫关羽，河东人，曾经杀过本地的豪强,这次也是听说州里招募乡勇,赶去应募的。于是三人一起到张飞家里,共议大事。张飞说:"我家屋后有一个桃园,这个时候花开得正旺盛;明天我们到园子里祭告天地,我们三人结为兄弟,同心协力,以后一起做大事。"刘备和关羽都觉得好。

第二天,在桃园里,准备好乌牛、白马等祭品,三个人烧完香,发过誓,结拜为生死弟兄,按照年纪大小,刘备为哥哥,关羽其次,张飞最小为弟弟。当天召集了乡中壮士三百多人,一起在桃园中大喝一番。然后各自回去收拾军器,只恨没有马匹。突然有人来说,外面有两个商人,赶着一群马,朝庄上赶来。刘备高兴地说:"这真是上天保佑我啊!"刘、关、张三人马上出去迎接。原来这两个人是幽州有名的大商人,每年都要卖几批马到北方去,最近因强盗出没,不敢过去。刘备把这两个商人请到庄上,摆席款待,向他们说起准备去杀贼的打算。两位商人非常高兴,于是送给刘备五十匹好马,另外赠送金银五百两,镔铁一千斤。

刘备谢过两位商人,找来铁匠打造了两把剑。关羽打了一柄青龙偃月刀,重八十二斤。张飞打了一条钢矛,长一丈左右。各自备齐了全身铠甲。一共招得乡勇五百多人,刘备带着五百人来见太守刘焉。刘备说起自己的宗族,刘焉很高兴,认刘备为侄。

没过几天,有人来报黄巾贼将领程远志率兵五万来打涿郡。刘焉命令邹靖带刘备等三人,率兵五百,前去迎敌。刘备三人领军前进,一直到大兴山下,与黄巾贼相遇。两边摆开阵势，刘备出马，左有关羽，右有张飞。刘备扬鞭大骂："反国逆贼，为什么还不投降！"程远志大怒，遣副将邓茂出战。张飞举起丈八蛇矛杀过去，一枪刺中邓茂心窝，当时翻身落马。程远志见邓茂死了，拍马舞刀，直奔张飞。关羽舞动大刀，拍马来迎。程远志见了，大吃一惊，来不及抵抗，被关羽一刀砍成两段。黄巾军见主帅程远志被斩，四散逃跑。刘备率兵追赶，投降者不计其数，大胜而回。刘焉亲自出来迎接，大赏将士。

第二天，刘焉接到青州太守龚景的求救信，信上说黄巾贼攻城将破，请求火速援救。刘焉来与刘备商议。刘备主动请战，刘焉大喜，命令邹靖率五千兵马，同刘、关、张三人，杀奔青州而来。黄巾军见救军赶到，分兵来混战。刘备抵挡不住，退下三十里，安营扎寨。

刘备对关羽、张飞说："敌众我寡，得想办法，才能取胜。"于是命令关羽带一千人马到山左埋伏，张飞带一千人马到山右埋伏，约定鸣金为号，到时一起杀出。第二天，刘备与邹靖率军正面进攻。黄巾贼迎战，刘备抵挡了一阵便率军撤退，黄巾军果然乘势追赶，才过山岭，刘备军中一齐鸣金，左右两军一齐杀出，刘备带军转身杀回来。三路夹攻，贼兵大败，刘备一直追到青州城下，太守龚景也率民兵出城助战。贼势大败，大半被杀死，于是解了青州之围。

龚景犒赏各位将士完毕，邹靖要回涿郡。刘备说："听说中郎将卢植与贼军首领张角在广宗大战，我曾拜卢植为老师，我要去帮他。"于是邹靖带军回涿郡，刘备与关羽、张飞带本部五百人马杀向广宗。刘备赶到，卢植大喜，留在帐前听候调换。

当时张角率军十五万，卢植领兵五万，战于广宗，不分胜负。卢植对刘备说："我现在在这里围住张角，张梁、张宝在颖川正与皇甫嵩、朱俊拼杀。你带本部人马，我另外再给你一千，到颖川打探消息，约定好时间再一起发动进攻。"于是刘备连夜赶往颖川。

时皇甫嵩、朱俊领军杀贼，贼军几次失败，退到长社，用草扎营。皇甫嵩与朱俊商议："贼军用草结营，我们可用火攻。"于是命令士兵，每人带草一把，悄悄地先去埋伏。当晚大风忽然吹起。二更以后，一齐放火，皇甫嵩与朱俊率兵攻击贼军大寨，顿时火焰张天，众贼慌乱，四散逃走。皇甫嵩、朱俊一直杀到天明，张梁、张宝率少数士兵，夺路逃脱。

刘备同关羽、张飞来到颖川，听见喊杀的声音，又看见火光冲天，率兵杀来的时候，贼军已经败退。刘备来见皇甫嵩、朱俊，转告了卢植的意思。皇甫嵩对刘备说："张梁、张宝这次大败，一定往广宗投靠张角去。你连夜赶去助战。"刘备于是率兵杀回广宗。刚到半路，只见一支军马，护送一辆囚车，车里却关着卢植。刘备很惊讶，从马上跳下来，问是什么原因。卢植说："我围张角，快要攻破的时候，因为张角用妖术，所以吃了败仗。朝廷派太监左丰前来探看，左丰向我索取贿赂。我说：'连军粮都缺，哪有什么多余的钱送你？'左丰怀恨，向朝廷汇报，说我坚守不战，惰慢军心；因此朝廷派中郎将董卓来取代我，押我回京问罪。"张飞听了，火冒三丈，要杀护送的士兵,想就在这里救出卢植。刘备急忙制止,说:"朝廷应该有公平的处理,你不能乱来。"于是让士兵押着卢植进京了。关羽说:"卢植被抓,别人带兵,我们没有依靠了,不如暂时回涿郡。"刘备说"涿郡贼兵已退,回去也没什么事。朱俊距离这里不远,又正与张宝拼杀,不如去投靠他,还可以帮着杀贼。"于是三人连夜率军来投朱俊。朱俊见刘备来投靠,很高兴,于是一起进攻张宝。张宝带领八九万人马,驻扎在山后。朱俊命刘备为先锋,与贼军对阵。张宝派副将高升出马挑战,刘备派张飞迎战。张飞纵马挺矛,与高升交战,才几个回合,一枪刺高升落马。刘备率军掩杀。张宝在马上披发仗剑,作起妖法。顿时风雷大作,一股黑气,从天而降,黑气中似有无数人马杀来。刘备连忙回军,军中大乱,大败而回,来与朱俊商议。朱俊说:"张宝用妖术,我军可用猪羊狗血,让士兵提前埋伏在山头,等贼军赶来,从高坡上倒下来,他的妖法自然可以破。"刘备立即去准备,派关羽、张飞各带一千士兵,埋伏在山后高冈上,盛好猪羊狗血以及其他秽物。第二天,张宝摇旗击鼓,引军来挑战,刘备出马,刚一交锋,张宝又作法,风雷大作,飞沙走石,黑气漫天,滚滚人马,从天上冲来。刘备拨马回走,张宝驱兵赶来。刚过山头,关羽、张飞放起号炮,猪羊狗血一齐泼出,只见空中纸人草马,纷纷落地,风雷停止,沙石不飞。张宝见破了法,正想退军,左边关羽,右边张飞,一起杀来,背后刘备、朱俊也赶到,贼兵大败。刘备望见"地公将军"旗号,飞马赶来,张宝落荒而逃。刘备一箭射去,正中张宝左臂。张宝带箭逃脱,逃进阳城,坚守不出。

朱俊率兵赶来，紧紧围住阳城攻打，一面差人打探皇甫嵩的消息。探子回报："皇甫嵩大获全胜，杀死张角、张梁。朝廷封皇甫嵩为车骑将军，领冀州牧。皇甫嵩又表奏卢植有功无罪，朝廷恢复卢植的官职。"朱俊听了，催促军马，悉力攻打阳城。贼势危急，贼将严政刺杀张宝，献首级投降。于是朱俊扫平数郡，黄巾贼被彻底平息。

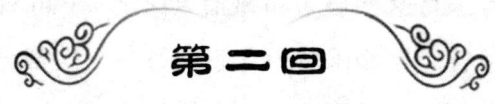

第二回

张飞怒打督邮
董卓呵斥丁原

　　曹操、孙坚与刘备等人在黄巾起义刚刚爆发的时候，纷纷起兵镇压。经历大约半年的苦战，黄巾起义终于被彻底镇压下去。参与这次镇压活动的各路武装首领，如曹操、孙坚等人都得到了封赏，唯独刘备因为朝中没有过硬的关系，连个闲职也没弄到，心里郁闷得很。有一天，刘备和关羽、张飞上街闲逛，刚好碰到朝中一位叫张钧的郎中，驾车路过。刘备觉得这是个好机会，于是壮着胆子上前自我陈述了一番，将自己的起兵经历、所经过的大小战役，以及功勋细细说了。张钧还算负责，答应回去禀报皇帝。

　　张钧利用上朝的机会，对皇帝说："以前黄巾贼造反，都是因为太监卖官鬻爵，滥用亲戚，诛杀私仇，导致天下大乱。现在宫中太监结党营私，手无寸功，却官位很高，享受厚禄。黄巾起义好不容易平息下去，应该对有功的人重加赏赐；而对无功的人，如十常侍等，应该收回他们的官爵，而宣告天下，这样四海之内自然就太平了。"十常侍听了，马上对皇帝说："张钧是接受了小人的贿赂，有意欺骗皇上您的。"皇帝顺着十常侍，喝令武士把张钧赶出去。当天晚上十常侍聚在一起商议："肯定是这次破黄巾贼有功之人,不得封官,所以有怨言。不如暂时用些闲散的官职对付一下这部分人,稳定一下人心,以后再慢慢理会他们。"就这样,朝廷又给一批人封了官,刘备这次被封了个安喜县尉。

刘备将他以前带领的乡勇遣散回各自的家乡,只挑了二十几个身强体壮的做随从,然后与关羽、张飞去安喜县就任。刘备到任,做事谦虚谨慎,与同僚们相处得很好,尤其和老百姓关系很好,大家对他都很崇敬。到任以后,刘备与关羽、张飞吃饭、睡觉都在一起,所以刘备觉得这个官虽然小了一点,倒也挺乐意的。

刘备到县不到四个月,一天逢督邮下来视察工作,玄德出去迎接,远远见了督邮就行礼。那督邮却坐于马上,只以马鞭指着刘备表示回答,态度极其傲慢,关羽、张飞二人在旁边看着,都很气愤。回到驿站,督邮趾高气扬地坐着,让刘备站在台阶下。过了很久,督邮问刘备先辈是做什么的,刘备小声回答:"是中山靖王的后代。"督邮听了,嘲笑着说:"你敢谎称是皇亲!现在朝廷降诏,正要淘汰你们这些滥官污吏,等我回去,看怎么收拾你!"刘备听了,大气不敢出,也不敢再说话。刘备回到县衙,与县吏商议。县吏说:"督邮这么大耍威风,不过就是想要些贿赂而已。"玄德叹息,"我从来没拿老百姓一分半毫多余的钱,哪来的钱送给他?"第二天,督邮先提县吏去,勒令他污蔑刘县尉残害百姓,县吏只是不吭声,不愿意污蔑刘备。刘备几次亲自过去,想去求情,都被门卫阻拦在外,只能叹息而回。

张飞早上很早就出去喝酒，中午才醉醺醺地回来，乘马经过驿站，远远看见五六十个老人，在门前痛哭。张飞上前去问是什么原因，这些老人告诉他，督邮逼迫县吏，想要害刘县尉；他们都是来为刘县尉求情的，不但不能进门，反遭门卫毒打。张飞听了，气得把牙齿咬得格格直响，从马上跳下，直奔驿站，那些门卫哪里能阻挡得住，只好看着张飞直奔后堂而去。张飞进去，看见那督邮正坐在大厅上，将县吏绑倒在地。张飞见了更是生气，大吼了声："害民的匪徒！认得我么？"那督邮还没有反应过来，早被张飞一把揪住头发，扯出驿站，捆在门前的拴马桩上；然后从柳树上折了枝条，用力鞭打，一连打断了几十根柳条。

刘备在家里，听到前面喧闹，不知道发生了什么事情，忙问左右，左右告诉他："张将军绑一人在驿站前痛打，不知打的是谁。"刘备慌忙出去看个究竟，只见绑着的正是督邮。刘备本来想马上制止，不过想到他昨天那么傲慢，忍不住很生气，心想让张飞教训他一顿也好，所以看着张飞打了一通后才问什么原因。张飞见刘备过来，说："这种害民贼，不打死他，留着他做什么！"督邮急忙向刘备告饶，可怜巴巴地要刘备救他性命。玄德终是仁慈的人，只好叫张飞停止。关羽从人丛中走过来，气愤地对刘备说："哥哥杀黄巾贼，立了大功，只得个县尉，却反被督邮侮辱。我看荆棘丛中，终究不是凤凰待的地方；不如杀了督邮，弃官归乡，再想办法。"刘备于是回去取了印绶，拿来挂在督邮颈子上，说了声："你无辜害人，本来想杀掉你；今天姑且饶你一命。我将印绶还给你，不再当你这个小官",然后收拾东西走了。

督邮回到州里,却向太守告状,说刘备欺侮上级,太守听信督邮的一面之词,立刻差人去逮捕刘备等人。刘、关、张三人离开安喜县后,匆忙赶往代州,投靠刘恢去了。刘恢因为和刘备是宗亲,于是藏三人在家。

中平六年四月,灵帝病重,下诏,命令大将军何进入宫,商议后事。这个何进起家时实际很卑微,原来是靠杀猪谋生。因为他妹妹选入宫中为贵人,后来生了皇子刘辩,被立为皇后。何进因为他妹妹的帮忙得以掌握重权。皇帝后来一度又宠幸王美人,生了皇子刘协。何皇后嫉妒,便用毒药毒杀了王美人。皇帝怕刘协被何皇后追杀,于是寄养在董太后宫中。董太后是当朝皇帝灵帝的养母。灵帝即位以后,接养母董氏到宫中,尊为太后。现在灵帝病重,董太后劝皇帝立王美人所生的皇子刘协为太子。皇帝也偏爱刘协,但是担心何皇后和手握重兵的何进,所以有些犹豫。中常侍蹇硕于是献计:"如果要立刘协,必先杀掉何进,以绝后患。"皇帝也赞同他的看法,所以宣何进入宫,想寻机杀掉他。

何进到宫门,司马潘隐悄悄对何进说:"将军千万不可进宫。蹇硕想要杀你。"何进害怕,马上回到自己住处,召集手下商量,想先发制人,诛杀那些宦官。当时气氛很紧张,大家不敢乱说话,只有一个人挺身而出,陈述想法:"宦官、太监在朝中的势力盘根错节,其触角无处不到,很难全部诛杀。倘若泄露出去,一定有灭族的大祸,我看需要详细制订计划。"何进一看,原来是年轻军官曹操。何进小声呵斥:"你年纪轻轻,哪里知道朝廷大事!"

张飞怒打督邮

这个时候袁绍出了个主意："可以命令天下英雄，带兵来到京城，借助他们的力量杀尽太监。"何进一想，也觉得很好。于是何进带领精兵进宫立了新皇帝，然后发布命令到地方，召各地军阀等带兵入京。掌管文书的主簿陈琳则认为不可以。认为各路人马到时候齐聚京城，各怀一心，必然生乱。何进听了陈琳的看法，拍掌大笑："这是典型的书生看法！"旁边一人也鼓掌大笑："这种事情易如反掌，哪用这么议来议去的！"何进一看，又是曹操。曹操说："宦官太监，本来一直都有；只是皇帝不该太宠信他们而已。要处理他们，只要一个执法人员就可以，哪用得着召外面的士兵？想斩草除根，事情闹大，必然泄露。我认为这样必然失败。"何进听了不以为然，还故意嘲笑他："曹操是心怀私意吧？"曹操感觉受到了莫大的侮辱，因为曹操本姓夏侯，他父亲是宦官曹腾的养子，所以借姓曹。不得已，曹操只能听何进的。

西凉刺史董卓最早接到命令。这董卓最初因为镇压黄巾起义无功，朝廷谏官本来要治他的罪，因为他用重金贿赂十常侍而幸免；后又勾结其他朝中显贵，所以能在地方上连任高官。当他得到何进发来的命令时格外高兴，马上点起军马，陆续出发。命令他的女婿牛辅镇守陕西，自己带李傕、郭汜、张济、樊稠等将领朝洛阳进发。

董卓到洛阳之前，给朝廷上了一封书表，何进得表，出示给各位大臣。郑泰说："董卓性格如豺狼，让他进入京城，一定会祸害人的。"何进说："大家不要多疑，我自己知道的。"卢植也说："我很了解董卓的为人，面善心狠；一旦进入京城，一定会生祸患。不如叫他不要进来,免得生乱。"何进不听,郑泰、卢植都弃官离去。朝廷大臣,离去的人超过大半。何进还是不听众人劝阻,派人迎董卓到渑池。

张让听说董卓等外地兵马到洛阳了,召集其他太监聚到一起商议:"这一定是何进的主意;我们不先下手,到时候都得死。"于是决定先伏刀斧手五十人在长乐宫嘉德门内,然后告诉何太后:"现在大将军矫诏命令外面士兵来到京师,要治我们的罪,望娘娘救我们。"太后误信这些太监的花言巧语,劝他们:"你们到大将军家谢罪就没事了。"张让等故意装得很可怜地说:"若到他家,我们的骨肉早成了浆了。望娘娘宣大将军入宫劝劝他吧。如果您不听,我们就死在您面前。"太后于是下诏宣何进进宫。

何进得诏便要出发。陈琳说:"太后此诏,一定是十常侍的主意,千万不可去。去必有祸。"何进说:"太后叫我,有什么祸事?"袁绍也说:"现在事情已经暴露,将军还要入宫?"曹操说:"先叫十常侍出宫,然后可进去。"何进很不在意地说:"这简直像小孩玩游戏。我掌握天下大权,十常侍敢对我怎样?"袁绍说:"如果一定要去,我们带兵跟着,以防不测。"于是袁绍、曹操各选精兵五百,命袁绍的弟弟袁术统领,引兵布列在青琐门外。袁绍与曹操带剑护送何进到长乐宫前。黄门小太监阻拦住:"太后只叫大将军,其他人不许进入。"将袁绍、曹操等都拦在宫门外。

何进一点都没怀疑,径直进去。才到嘉德殿门,张让、段珪迎出,一群士兵围住,何进觉得不对。张让劈头便问何进说："董太后有什么罪过,你随意毒死她?你不过是杀猪卖货的小子,我们把你推荐给皇帝,你才得到荣华富贵;你不思报效,还想害人,恐怕今天你是没有机会继续享受富贵了。"何进手足无措,想找退路,宫门全都关了,又一群士兵涌出,将何进砍为肉酱。

张让等杀了何进,袁绍很久不见何进出来,在宫门外便大叫:"请何大将军上车!"张让等将何进的头从墙上扔出,假称有皇帝的命令:"何进谋反,已被诛杀!其余人与此事无关,全部赦免。"袁绍大怒,吼道:"阉贼竟敢乱杀大臣!我今天一定要把你们清扫干净!"袁绍在青琐门外放起大火。袁术等引兵冲入宫廷,只要看见太监,不论大小,全都杀掉。袁绍、曹操斩关入内,一时间,宫中火焰冲天。张让、段珪、曹节、侯览将太后、太子以及陈留王劫持到深宫,然后从后道逃出。当时卢植弃官,还没离开,见宫中事变,披甲持戈,立在楼下。远远看见段珪正抓住何太后,卢植大喝:"段珪逆贼,你敢劫持太后!"段珪回身便跑。太后趁机从窗中跳出,获救。袁绍随后杀来,令军士分头去杀十常侍家属,不分大小,全部诛绝。宫中很多没有长胡须的人也被当成太监误杀掉。曹操赶来,一面救灭宫中的大火,请何太后总摄大事,一面派兵继续追杀张让等人,并寻觅小皇帝。

张让、段珪等逃出后,劫持着少帝和陈留王,连夜奔向北邙山。夜深的时候,后面喊声大起,人马眼看赶到;领先的大将闵贡认得张让,大吼:"逆贼哪里跑!"张让见没处可逃,于是跳河自杀。少帝与陈留王不知虚实,躲在河边乱草之中,不敢出声。一直等到快天亮，露水浸湿了衣服，腹中空空，兄弟俩抱着哭泣；又怕被人发觉，不敢大声。陈留王劝着说："我看这个地方不能久待，我们另外找个地方吧。"于是二人爬上岸边，摸索着往前走。天毕竟还不大亮，黑暗之中，看不见路。正在无可奈何之际，忽然飞来一群萤火虫，盘旋在二个人头上，光芒照耀，足以照亮二人。陈留王高兴地说："真是天助我们兄弟！"于是随着萤火往前走，过了很久渐渐能看见路。天蒙蒙亮的时候，皇帝和陈留王双脚酸痛，走不动了，二人倒在草丛中，昏睡过去了。草堆前面是一处庄院。主人梦见两轮红太阳停在庄院后，醒来，披了件衣服，出去细看，只见庄院后面的草堆中红光冲天，慌忙走近一看，却是两个孩子睡着了。庄主问："你们是谁家的孩子？"皇帝不敢答应。陈留王指着皇帝说："这是当今皇帝，遭十常侍捣乱，逃难到这里。我是他弟弟陈留王。"庄主听了，很惊讶，立刻跪在地上说："我是先朝司徒崔烈的弟弟崔毅。因为十常侍公开卖官，又嫉妒贤能，所以到这儿隐居。"崔毅说完，扶起皇帝和陈留王进自己家。

闵贡逼张让跳河后，又来追赶段珪，抓住他问："天子在哪儿？"段珪说："早在半路上走掉了，不知去了哪儿。"闵贡于是杀了段珪，把他的头悬在马上，继续寻找皇帝；偶然找到崔毅庄上，崔毅看到闵贡马上的人头，于是问起，闵贡把前后经历说了，崔毅于是带闵贡来见皇帝，君臣相见，抱头痛哭。哭了好久，闵贡说："国不可一天无君，请皇帝马上回京城。"于是，崔毅备马，让闵贡送皇帝回去。行到半路，碰到王允、杨彪、袁绍等人,于是君臣相见,又大哭一场。

车驾缓慢前行,走出不到几里,忽然,前方旌旗蔽天,尘土飞扬,一支人马急匆匆地飞奔过来。所有官员一时间吓得面如土色,皇帝更是吃惊不小。袁绍拍马冲出队伍,拦住,问:"什么人?"对方的队伍里,一位将领骑马飞出来,恶狠狠地问:"皇帝在哪儿?"皇帝战战兢兢,不敢搭话。陈留王勒马向前,呵斥:"你是什么人?"董卓说:"我是西凉刺史董卓。"陈留王继续问:"你是来保驾,还是劫驾?"董卓不敢放肆,说:"特地来保驾的。"陈留王回答说:"既然是来保驾,皇帝在这里,为什么还不下马?"董卓听了,暗地吃了一惊,慌忙下马,跪在道旁。陈留王接着好言安抚董卓,自始至终,显得很威严,而又得体。董卓暗自对陈留王称奇,心里萌生立陈留王为皇帝的想法。

回到京城,董卓驻兵城外,每天带领铁甲马军进入城中,横行街市,百姓躲避唯恐不及。董卓出入宫廷,肆无忌惮。禁军校尉鲍信,来见袁绍,认为董卓怀有异心,应当抓紧铲除。袁绍安慰鲍信说:"朝廷刚刚安定下来,不宜轻举妄动。"鲍信又来见王允,王允也很忧虑,只是认为应该慢慢想办法。鲍信见大家都不敢触动董卓,带领自己的军队,回泰山去了。

董卓有一次私下问自己的谋士李儒:"我想废现在的皇帝而另立陈留王,你看怎样?"李儒也正有此意,于是附和说:"现在朝廷缺乏英明的皇帝,如果不抓住这个机会,另立新君,我看迟早会出事的。改天在温明园中,召集朝中百官,宣布废立的事情;有不支持的就当场杀掉,我看没人敢不从。"

董卓觉得很好。第二天,董卓果然大摆筵席,遍请朝中公卿。文武百官都怕董卓,谁敢不到呢?董卓等百官到了,然后从园门下马,带剑进去。连喝了几杯酒后,董卓示意大家暂时停止喝酒,然后柔中带刚地说:"我有一句话要跟大家说,请大家听着。"所有官员都屏息凝神。董卓站起来说:"皇帝是天下百姓的主人,没有威仪不可以威慑民众。我看当朝皇帝行为懦弱,不若陈留王聪明好学。我想废掉他,另立陈留王,大家表一下态吧?"所有官员,吓得战战兢兢,不敢出声。空气顿时好像凝固了,过了一阵,座上有一个人"哗"的一声推倒酒桌,站了起来,大吼:"不可!不可!你是什么东西,敢有这种歪主意?当朝皇帝是先帝长子,一直没有什么过失,胆敢妄说废立的大事!你想要篡逆?"董卓真没想到有这样的人,一看是荆州刺史丁原。董卓自然很生气,恶狠狠地说:"顺我者生,逆我者死!"当场拔出宝剑想要杀丁原。这时候,李儒看见丁原背后站着一个人,长得器宇轩昂,威风凛凛,手持方天画戟,气势汹汹地盯住董卓。李儒觉得情况不妙,马上说:"今天本来是请大家来喝酒的,不宜谈国家大事;改天在朝中再说吧。"众人怕丁原继续顶撞董卓,都劝丁原赶快离开。

董卓还想继续讨论这事,问百官:"我刚才所说,大家认为合理不?"卢植也不赞同,站起来接着反对:"先生所说我看没什么道理。以前霍光主持废立的事情,先祭祀,告于太庙,然后才进行。现在的皇帝虽然年幼,但聪明仁智,并不曾有分毫过失。你是个外郡刺史,一直没有参与朝政,对皇帝根本不了解。你也没有伊尹、霍光这样的才能，哪能随便议论废立这样的大事？圣人说过：'有伊尹这样的才智则可，如果没有伊尹的才智，那就是篡逆。'"董卓听了，更是怒不可遏，拔剑向前，便要杀卢植。侍中蔡邕、议郎彭伯立刻好言劝阻："全国上下的人都很尊敬卢植，今天要是杀了他，恐怕天下人都难服从。"董卓不得已才住手。司徒王允说："废立事大，我看不可酒后商量，大家改天再议吧。"于是百官都小心翼翼地离开。

董卓余怒未息，按剑立在门口，忽然看见一个人骑马持戟，在园门外往来奔驰。董卓问李儒那是什么人，李儒说："这是丁原的干儿子，叫吕布，这个人异常勇猛，你先回避他一下。"董卓不得已，折回园子里。

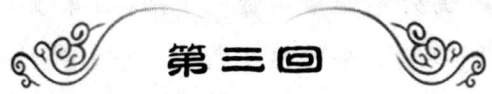

第三回
李肃游说吕布
曹孟德献宝刀

　　第二天，董卓刚吃过饭，门人报告：丁原带着一队人马在城外挑战。董卓想起昨天本来就要杀他的，没想到今天倒自己送死来了，于是披挂上阵，引军同李儒迎战去了。两阵对峙，吕布纵马挺戟，紧随丁原来到阵前。丁原指着董卓骂："国家不幸，先有太监弄权，以致万民涂炭。后有你这个乱臣贼子，妄言废立，毁乱朝廷！"董卓未及回话，吕布飞马直杀过来。董卓顶不住，慌忙逃走，丁原随后率军掩杀。董卓大败，逃了三十余里才安营扎寨，聚众商议。董卓说："我看吕布这人很不一般。我如果得这个人，何愁天下不归我！"话音刚落，帐前一个人站出来说："先生不要忧虑。我与吕布同乡，我最了解他，有勇而无谋，见利忘义。我凭三寸不烂之舌，一定说服吕布来投降。"董卓大喜，一看，原来是虎贲中郎将李肃。董卓还是不太相信，问李肃："你将用什么去游说他？"李肃说："我听说，你有一匹名马，叫'赤兔'，一天可以跑千里。如果我得此马，再用些金银珠宝，先让他动心。然后再动之以情、晓之以理，我敢肯定吕布必反丁原，来投你。"董卓有些舍不得赤兔马，李儒说："你想取天下，何必爱惜一匹马！"董卓于是答应，另外给李肃黄金一千两、明珠数十颗、玉带一条。李肃带了礼物，来投吕布营寨。路上被吕布的士兵围住。李肃说："快报吕将军，说有朋友来见。"李肃见了吕布问："老弟一直还好啊？"吕布说："还好。好久没你信了，现在在哪里？"李肃说："我现任虎贲中郎将。听说你有志匡扶国家，特别高兴。我有一匹好马，一天可以跑一千里，渡水登山，如履平地，名叫'赤兔'，特地给你送来，以便帮助你打仗。"吕布喜不胜收，忙叫牵过马来看。吕布一看那马，果然浑身上下，火炭般发红，无半根杂毛；从头到尾，长一丈；从蹄到项，高八尺，暗自高兴得不得了。问李肃说："老兄送我这样的好马，我怎么才能报答你啊？"李肃故意说："我是冲我们弟兄义气而来，哪是为什么报答而来啊！"吕布忙令设酒相待。喝到半醉，李肃问吕布："我和你好久没有联系了，大伯身体还好吧？"吕布说："老兄你真是醉了！我父亲已经去世多年，哪还能好呢？"李肃大笑说："这个我知道！我是说你的干爹丁刺史啊。"吕布有些不好意思，说："我在丁原这里混日子，也是出于无奈。"李肃继续刺激吕布："老弟的大才，天下谁人不知啊？怎么说无奈而屈居人下？"吕布感叹："恨不逢明主啊。"李肃故作轻松："良禽择木而栖，贤臣择主而事。只要能及时抓住机会，也不会晚啊。"吕布有些心动，问："老兄在朝廷，看哪一位是当世英雄？"李肃一看机会来了，不失时机地说："我遍观群臣，都不如董卓。董卓为人敬贤礼士，赏罚分明，我看一定会成就大业的。"吕布说："我想跟他，只恨没有门路啊。"李肃感觉时机成熟，不说话，却另取金珠、玉带摆在吕布面前。吕布很吃惊,问:"你从哪儿弄来的?"李肃示意吕布屏退左右,小声告诉吕布:"这是董公久慕老兄大名,特地叫我给你送来的。赤兔马也是董公所送。"吕布确实心动了,问李肃:"董公如此待我,我怎么才能报答他?"李肃说:"你看我这么没本事,尚且做了个虎贲中郎将;你若到那儿,一定贵不可言。"吕布说:"只恨我不能为他做点事情,作为见面礼。"李肃引导他说:"事情只在翻手之间,只怕你不肯。"吕布想了一会儿,说:"我想杀丁原,然后带领我的人马归顺董卓,你看怎样?"李肃说:"老弟如果能这样,那将是最大的功劳! 不过事不宜迟啊。"于是,吕布和李肃约于第二天投顺董卓。

当天深夜,吕布提刀走进丁原帐中。丁原正在看书,见吕布进来,问:"干儿这么晚有什么事情啊?"吕布露出凶相:"我堂堂大丈夫,怎么可以做你的干儿子!"丁原一时不知道是怎么回事,问:"你这是怎么了?"吕布没有多说,走向前,一刀砍下丁原头颅,然后匆匆离开。第二天,吕布提着丁原的头,来见李肃。李肃于是带吕布去见董卓。董卓见了吕布喜出望外,置酒相待。董卓先下拜致礼:"董卓得将军,如旱苗逢甘雨啊。"吕布扶董卓坐下后回拜,说:"公若不弃,我吕布请拜你为义父。"董卓欣然答应,然后送给吕布金甲锦袍,畅饮到夜深才散席。

董卓自从有了吕布,越发感觉自己的势力壮大,足以进行废立的事情了,于是又一次在宫中以宴会为名,召集满朝公卿,命令吕布带甲士一千多人,侍立左右。酒行数巡后,董卓按着宝剑、站起身，说："当朝皇帝暗弱，不可以掌管天下；我将按伊尹、霍光的先例，废皇帝为弘农王，另立陈留王为皇帝。有不服从的，斩！"群臣恐慌，好久没人敢出声。过了一阵，袁绍挺身而出，大声反对："现在的皇帝即位不久，并无过错；你妄自废嫡立庶，这难道不是想篡位吗？"董卓大怒，几乎咆哮起来："天下事都由我做主！我今天说了算，谁敢不听！你是认为我的剑不够锋利，是吗？"袁绍也拔出长剑，回击董卓："你的剑锋利，难道我的剑就不锋利？"两个人在筵席间对峙起来，互不相让。董卓火气正盛，想要杀袁绍，李儒忙劝阻："现在大事还没有定下来，不能随意杀人。"袁绍手提宝剑，离开筵席，奔冀州去了。

九月初一，董卓请皇帝升殿，又一次召集文武百官。董卓拔剑在手，对众人宣布："皇帝懦弱，不足以君临天下，我决定改立陈留王为皇帝，废皇帝为弘农王。"董卓说完，令左右武士扶皇帝下殿，并解下他的玺印，让他跪下，称臣听命。董卓然后请陈留王登殿。群臣朝贺完，董卓命令带何太后并弘农王及帝妃唐氏到永安宫居住，并封锁宫门，群臣不得擅自进入。

董卓从此每夜入宫，奸淫宫女，夜睡龙床。经常带军出城，逢村民社赛，男女集会，董卓命军士围住，全部杀掉，掠夺妇女、财物，装载上车，悬头千余颗在车上，得意扬扬地回城，扬言说是杀贼大胜而回。朝中百官，对董卓都敢怒不敢言。

袁绍在渤海站住脚后，写信给王允，希望能与他联合诛杀董卓，王允无计可施，只能暗自叹气。一天，王允刚好碰到朝中的所有老臣，王允说："今天是老朽的生日，想请各位到我家一起喝杯酒，不知道大家能否赏脸？"大家都答应晚上一定去祝寿。当晚王允在后堂设宴，满朝公卿都来了。酒行数巡，王允忽然大声痛哭。众官都不明白是怎么了，都问："今天是你的生日，为什么这么悲伤啊？"王允说："今天其实并不是老朽的生日，只是想找个理由与众位一叙，怕董卓怀疑，所以才这么说。董卓欺主弄权，国家难保。汉朝有天下几百年，谁想传至今天，竟败在董卓手中，想到这些我忍不住大哭啊。"于是满堂上下哭成一片。其中唯有一个人拍掌大笑，说："满朝公卿，从晚哭到早，从早哭到晚，还能把董卓哭死不成？"王允擦干泪一看，是曹操。王允大怒："你祖宗世代享受汉朝俸禄，你不思报效国家反而笑什么？"曹操说："我不笑别的事，只笑这么多人竟然无一计可以杀董卓。我曹操虽然没什么能耐，愿意杀董卓，以谢天下。"王允于是把曹操接到暗室里问："你有何好主意？"曹操说："我这段时间委屈自己，跟随董卓，并不是真心服从他，不过是想找个机会除掉他而已。现在董卓对我很信任，所以能够亲近他。听说你有一口七宝刀，希望你能借给我去刺杀老贼，即使不成，我死也无所谓！"王允听了曹操的话，非常激动，很感激地对曹操说："你有这份心意，真是天下苍生的幸运啊！"于是随即取出宝刀送与曹操。

第二天，曹操带着宝刀，来到相府，问门卫丞相在哪儿，侍从说在小阁中。曹操径直进去，见董卓坐在床上，吕布立在旁边。董卓见曹操进来，因问："你今天怎么来这么晚？"曹操回答："坐骑太老，跑不动。"董卓转过头对吕布说："我有西凉送来的好马，你去挑一匹好的送给孟德。"吕布于是出去。曹操暗自高兴，心想："这个老东西果然该死！"当即想要拔刀行刺，但又怕董卓力大，所以未敢轻举妄动。董卓肥胖体大，不耐久坐，过了一会侧身躺下，面向壁。曹操觉得机会真的来了，心想："这个家伙死定了！"急忙握住宝刀，正要刺向董卓，没想董卓仰面看着衣镜中，照见曹操在背后拔刀，急忙转身问："孟德，你想干什么？"这时吕布已牵了一匹马到小阁外。曹操有些发慌，顺势持刀跪下说："我有宝刀一口，正想送给你。"董卓接过一看，轻轻用手拭了一下刀口，极其锋利，果然是把宝刀，递与吕布收下。曹操把刀鞘也送给吕布收下。董卓带曹操出阁去看马，曹操见机说："我试骑一下。"董卓叫人备鞍，曹操牵马走出相府后，连加了几鞭，朝东南方向飞奔逃走了。

　　吕布在小阁外对董卓说："我刚才进来，看曹操好像有行刺的嫌疑，可能只是差点被识破，所以才借故说是献刀。"董卓也说："我也觉得有点可疑。"正在这时，李儒进来，董卓把刚才的事情说了一遍，李儒说："现在马上叫人召曹操，如果他立刻回来，那便是真献刀；如果推托不来，则一定是行刺，可马上擒住他。"董卓马上派了四个士兵去叫曹操。去了很久，回来报告："曹操没有回家，只是乘马出了东门。门吏曾问过他有什么事，他说是你差他有紧急公事。"李儒说："曹操一定是心虚逃窜，看来行刺是无疑的。"董卓大怒道："我如此重用他，他反要害我！"李儒说："一定有同谋，先拿住曹操，到时一问便知道。"董卓马上命捉拿曹操。

曹孟德假献宝刀

曹操逃出城外，飞奔至谯郡。路经中牟县，被守关军士抓住，擒来见县令。曹操辩解："我是客商，复姓皇甫。"县令上下打量了曹操好久，很坚决地说："我以前在洛阳做官的时候，曾认得你，还想抵赖！先把你关了，明天送到京师请赏。"夜深，县令一个人取出曹操，带到后院问曹操："我听说丞相待你不薄，为什么反而要刺杀他？"曹操回答："你既然抓住我，解去请赏就是，何必多问！"县令对曹操说："你不要小看我。我并不是一般的俗吏，只不过在这个乱世，未遇明主而已。"曹操一个人独个儿感叹："我祖宗世代享受汉禄，如果不思报国，与禽兽有什么区别？我一直在董卓身边出没，只是想找个机会除掉他，为国除害。没想到大事不成，天命而已！"县令有些被打动，问："这次逃走，你准备去哪儿？"曹操说："我准备回到家乡，召集天下诸侯兴兵共诛董卓。"县令听了这番话，给曹操松了绑，扶他上坐，曹操问县令姓名，县令告诉他，他叫陈宫。老母妻子，都在外郡。如果曹操愿意的话，愿放弃这个小官，和他一起逃走，曹操大喜。当夜陈宫收拾盘缠，与曹操各背一口剑，乘马往曹操故乡奔去。

走了三天，到了一个叫成皋的地方，天色将晚。曹操指着林子深处对陈宫说："这里有一人家叫吕伯奢，是我父亲的结拜弟兄，就到他家休息一宿吧。"陈宫同意。二人到庄前下马，入见伯奢。伯奢一见，很惊讶，把曹操拉进屋，说："朝廷正捉拿你啊，你父亲早躲到陈留去了。你怎么会到这里？"曹操将路上的情势述说了一遍，说："如不是陈宫县令，早碎尸万段了。"吕伯奢谢过陈宫,转身进屋,一会儿才出来,对陈宫说:"我家里没有什么像样的酒食,我去西村买点菜回来,今晚喝个痛快,明天好赶路。"说完,匆匆骑上毛驴走了。

曹操与陈宫坐在庄里,忽然听到庄后有磨刀声。曹操一惊,蹑手蹑脚过去偷听,只听到有人在说:"一会把它捉住,杀了。"曹操对陈宫说:"果然是! 现在如不先下手,我们死定了。"于是,二人拔剑而入,不问男女,全都杀掉,一连杀死八人。一直搜到厨下,才见绑着一头猪。陈宫当即说:"孟德多疑,今天误杀好人啊!"二人不敢久留,匆忙上马再逃。路上,正撞上吕伯奢,驴鞍上悬挂着两壶酒,手里拿着菜蔬。伯奢问:"两位贤侄为什么这么快就离开,我刚买完酒食。"曹操在马上说:"我是个有罪的人,不敢久留。"伯奢劝说曹操:"我已吩咐家人杀猪款待你们,就歇一个晚上吧,赶快回去。"曹操走近吕伯奢,忽然拔出剑,指着伯奢身后,问:"大伯,你看那是谁?"伯奢刚一回头,曹操挥剑把吕伯奢砍死在驴下。陈宫见此情景,大吃一惊,质问:"刚才如果是误会的话,那么现在怎么解释?"曹操冷冷地回答:"伯奢到家,见杀死他家那么多人,哪能罢休? 如果他通报官府,我们哪有路可逃?"陈宫说:"如此故意杀人,真是大逆不道啊!"曹操很淡然地说:"我宁愿对不起天下人,也不要天下人对不起我!"陈宫无话可说。

当夜,曹操和陈宫在荒野随便找个地方胡乱睡下。陈宫趁曹操睡着,一个人悄悄跑掉了。

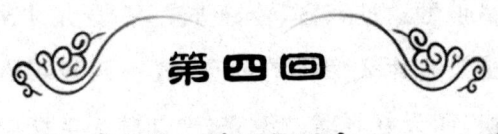

第四回
王允使连环计
董卓闹凤仪亭

董卓在长安,听说孙坚死了,非常高兴,对部下说"我又少了一个心腹大患!"不过还是不放心,又问部下:"他孩子几岁了?"有人回答说才十七岁,董卓于是觉得可以高枕无忧,从此更加骄纵放肆,无所顾忌。为了巩固家族势力,他封弟弟董旻为左将军,掌管军权,封他的侄儿董璜为侍中,总领皇家卫队。一时间,董家宗族,不问长幼,都有大官可做。

董卓为了个人享乐,召集了二十五万农民花了接近一年的时间在长安城外二百五十里处,修建了一座豪华庄园,其规模可跟长安城里的皇宫相提并论。为了长期在这里游玩,他囤积的粮食足够数万人马吃二十年。董卓在这里过着骄奢淫逸的生活,他先后从民间挑选了上千个少年美女,送到这个庄园。至于金玉、彩帛、珍珠等财物更是堆积如山。

董卓平均一个月回长安一次,每次返回庄园,朝中的公卿大臣都要在宫门外送他。有一次,董卓从长安返回庄园,百官欢送,于是董卓大摆酒席招待大家,刚好碰到北方投降的几百士兵被押到长安。董卓命令把他们绑着扔到酒桌前,让自己的侍卫去砍断他们的手足,或挖他们的眼睛,或割他们的舌头,然后用大锅煮上。哭声震天,鲜血四溅,所有官员都吓得目瞪口呆,而董卓却谈笑自如。又有一次,董卓在长安城里大会文武百官,大家才喝了几杯酒,吕布走了进来,在董卓耳边说了几句悄悄话,董卓听了,笑了笑说:"哦,原来是这样。"随即命令吕布于酒席之上把司空张温揪下堂去,所有官员一时间不知所措。一会儿,一个侍从托着一个红盘子,装着张温的头,传给了董卓。文武百官,一见眼前情境,都吓得魂不附体。董卓却笑着说:"大家不要害怕。张温勾结袁术,想要害我,写信给袁术,却寄错信了,被我干儿子吕布收到。所以把他杀了。诸位官员,与这件事情无关,不必惊慌。"所有官员都心惊胆战,喝完酒,小心翼翼地离去。

司徒王允回到自己家中,想起白天席间的事情,坐卧不安。夜深了,还不能入睡,于是,拄着拐杖到后园去散散步。王允觉得自己,对于国家大事,帮不了什么忙,忍不住仰天长啸,痛哭起来。忽然,他听到院子里的牡丹亭里也有人在长吁短叹。于是,蹑手蹑脚地,轻轻走过去,发现是家里的歌伎貂蝉。这个小姑娘很小就被王允买到家里,后来教她唱歌跳舞,渐渐出落大方,才貌过人,王允把她当成亲女儿看待,特别宠爱。王允想起白天的事,心中难以平静,而这个时候貂蝉又一个人在这里,忍不住有些生气,大声喝道:"你这么小,居然有私情?"貂蝉一听,大惊,跪着说:"我哪敢有私情!"王允问:"没有私情,怎么这么晚在这叹气?"貂蝉说:"大人对我有养育之恩,我却报答不了您。近来看见大人郁郁寡欢,肯定是因为国家大事,可是我又不敢问。今晚又见您坐卧不安,所以也替您担心。没想被大人看见。如果能用上我,大人尽管吩咐,我万死不辞!"于是王允把貂蝉带到家里,给貂蝉讲起当今的国家形势:贼臣董卓,想要篡夺皇位,文武百官,无计可施。而董卓有一个干儿,叫吕布,勇猛无比,无人可及。王允说他想用连环计,离间董卓和吕布之间的关系,但是需要貂蝉帮忙,貂蝉马上答应,王允特别感谢。

第二天,王允将家里珍藏的几颗明珠取出来,令工匠打造一顶金冠,叫人悄悄地送给吕布。吕布特别高兴,亲自到王允家里致谢。王允知道吕布要来,事先准备佳肴美食,吕布一到,王允便把他接入后堂,请他坐下喝酒。吕布酒兴很浓,王允不停地敬酒,并且不断地夸吕布的干爹董卓功德卓著,吕布听着也很高兴,大笑畅饮。喝了好久,王允便叫貂蝉出来拜会吕布。貂蝉打扮得很艳丽,吕布一见,简直被貂蝉天仙般的美貌惊呆了。看了半天,才恍然回过神来,问王允这是谁。王允告诉他是自己的闺女,王允随即叫貂蝉给吕布敬酒。貂蝉每次敬酒,故意与吕布眉来眼去,这令吕布神魂颠倒。王允借故说自己醉了,要貂蝉陪吕布痛饮几杯。吕布便请貂蝉坐下,一起喝酒,貂蝉则故作含羞,移动一下身子,想要拒绝。王允在旁边,开导貂蝉,说吕布是自己平生最好的朋友,貂蝉于是坐了下来。吕布只是目不转睛地看貂蝉,并无心思喝酒,王允看见这个样子,便问吕布:"我想把我这个小女许配给你,不知道你愿不愿意娶?"吕布听到这里,欣喜若狂,马上答应了。于是王允许诺,择一个良辰吉日把貂蝉送到吕布家中。吕布欢心无限,不断地打量貂蝉,貂蝉也

向吕布频送秋波。这天,吕布在王允家饮到夜深,才尽兴
而去。

　　过了几天,王允在宫中,见到董卓,刚好吕布不在,王允
便盛情邀请董卓到家中做客,董卓欣然答应。王允到家,把
里外收拾一番,准备了最好的酒食,把地毯一直铺到门外的
大路上,恭候董卓的到来。第二天中午,董卓带着一百多卫
士来了。王允毕恭毕敬,跪拜在堂前,请董卓入室。吃过饭
后,王允请董卓到后堂,一起听歌赏舞。王允教丫鬟放下珠
玉做的帘子,让貂蝉在帘里翩翩起舞。貂蝉还没有跳完,董
卓忍不住了,想要细看一下貂蝉,叫貂蝉走近前来。貂蝉转
身出帘,跪下,满含深情地拜见董卓。董卓看得眼直,早已垂
涎欲滴,转身问王允是他的什么人,王允只说是家里专门唱
歌的歌伎貂蝉。董卓便要貂蝉清唱一曲,那声音清脆悦耳,
早听得董卓心旌荡漾,按捺不住,连声称好。王允见这个样
子,便叫貂蝉把盏向董卓敬酒。董卓边喝酒,边问貂蝉多大,
还夸她简直就是仙女,貂蝉含羞不答。王允顺势问董卓:"我
想把此女献给您,不知道您答不答应?"董卓当然是喜出望
外,再三称谢。王允当即叫准备毡车,亲自送貂蝉到董卓
家中。

　　王允从董卓家中出来,还没到半路,远远看见两行红灯
闪耀着,不久就见吕布骑着马,握着戟,飞奔而来,正好碰上
王允。吕布一把揪住王允衣领,问王允,既然答应把貂蝉许
配给他,为什么还要送给太师董卓。王允小声说:"其中有很
多话不便在这里细说,且和我到家,再详细告诉你吧。"吕布

便同王允到家。

到家,王允问吕布为什么怪他,吕布实话告诉王允,有人通报他,刚才王允把貂蝉送到了董卓家,并责问王允这到底是什么意思。王允回答,说:"哎,你原来有所不知!昨天董太师在宫廷里碰上我,对我说有一事,改天要到我家里来。我因此准备了点酒食等候太师。太师来了,饮酒的时候,对我说,他已经知道我有一女,名叫貂蝉,已答应许配给你了。但担心我不守信,特意过来,说要一见貂蝉。我不敢违抗,只好叫貂蝉出来。太师见了,也很高兴,说今天是个吉日,决定带走貂蝉,随即将让貂蝉和你成亲。你想想:我还能阻拦什么?"吕布听王允这么一说,觉得错怪他了,当即表示,改天再来谢罪。

第二天,吕布到董卓家中,可全不见董卓踪影。寻问其他的侍妾,侍妾说:"太师与新来的美人睡觉,到现在还没起来。"吕布一听大怒,悄悄跑到董卓的卧房后偷窥。刚好貂蝉在窗下梳头,看见窗外池中一个很长的人影,知道正是吕布。貂蝉故意紧锁双眉,做出忧愁不堪的样子。吕布看了很长时间,才出去。过了一会儿,还是很想貂蝉,又走进去,刚好董卓已经起床,坐在中堂。看见吕布进来,问他:"外面没什么事吧?"吕布很淡然地回答:"没事。"董卓吃饭,吕布侧立于旁边,眼睛却不停地朝卧房里偷看,貂蝉在绣帘内,也时时微露出半张脸,向吕布含情送目,董卓见如此光景,心中对吕布自是猜疑三分,所以很有些不高兴地对吕布说:"要是没什么事,你就暂时出去。"吕布只好退出。

董卓自从纳了貂蝉之后,为色所迷,夜不虚度,长达一个月没有出去料理朝中政事。貂蝉也刻意迎合董卓，表面相处欢洽。有一次，吕布进卧室内向董卓问安，正值董卓睡觉。貂蝉在床后半坐着，双目含情地望着吕布，用手指自己的心，然后又用手指董卓，示意自己也是情非得已。这时正逢董卓醒来，蒙眬之中，看见吕布注视床后，目不转睛；转身一看，却见是貂蝉立于床后。董卓怒上心头，大骂吕布："小子竟敢调戏我的爱姬！"立即召唤左右卫士把吕布赶了出去，并严令今后不许吕布进卧室。

吕布含恨出去，在路上遇到董卓的谋士李儒，并把事情经过告诉了他。李儒很着急，马上跑去见董卓，并劝董卓，要以天下为重，当借助吕布的勇力，怎么能为一个弱女子得罪一员猛将？董卓也觉得有道理，于是问李儒该怎么办。李儒说："改天，好言召他过来，多送点金银，好好安慰，自然无事了。"董卓依言，使人唤布入堂，主动赔了不是，顺便赐给他黄金十斤，锦帛二十四。吕布谢过。后来，吕布虽仍在董卓左右，然而心里则一直想着貂蝉。

有一天，董卓入朝议事，吕布执戟跟随，董卓与献帝共商国是，谈论很久，吕布便乘机出门，上马直奔董卓家来见貂蝉。貂蝉见了吕布，欣喜万分，吩咐吕布去后园中凤仪亭边等她。吕布在亭下曲栏之旁等了很久，见貂蝉打扮得花枝招展，真是像月宫仙子一般，款款而来。貂蝉见了吕布，却抱着他一番哭诉："我虽不是王司徒亲女，然而他待我如同己出。自从见了你，我心里就发誓以身相许。不料太师起不良之心，将我淫污，本想一死了之，只是因为还没有和你诀别，所以忍辱偷生。今天很幸运能再次见面，我的心愿已了！我的身子已经被淫污，不能再伺候你，就让我死在你的面前吧！"说完，手攀栏杆，朝荷花池就要跳。吕布慌忙抱住，安慰她说："我早了解你的心！只是没有机会听你倾诉而已！"貂蝉破涕为笑："今生不能与你为夫妻，但愿相会于来世吧。"吕布发誓说："我今生不能娶你为妻，绝不是英雄好汉！"貂蝉见机对吕布说："我度日如年，那你早点救我。"吕布安慰她说："我今天是偷空而来，得小心老贼怀疑，得马上回去。"貂蝉很不舍，牵住吕布的衣服，哭着说："你这么害怕老贼，我得等到什么时候！"吕布无奈，只好说："你等我慢慢想办法吧。"说完，拿上戟要走。貂蝉已经泣不成声，说："我在深闺，听到你的名字，就像天上的惊雷一样响亮，以为当世的英雄就你一人而已；没想你却反受制于他人！"吕布羞愧满面，放下画戟，回身紧紧地搂抱着貂蝉，只好继续安慰她。

却说董卓在殿上，回头不见吕布，心中怀疑，连忙辞了献帝，登车往回赶。董卓到家，问门吏看见吕布没有，门吏回答说："入后堂去了。"董卓气急败坏，直奔后堂中，却寻觅不见；唤貂蝉，也不见。急问侍妾，侍妾说："貂蝉在后园看花。"董卓马上寻入后园，正见吕布和貂蝉在凤仪亭下说话，画戟倚在一边。董卓见状大怒，大吼一声。吕布见董卓回来，也吃了一惊，转身就走。董卓抓过画戟，追了过去。吕布跑得快，董卓肥胖赶不上，便举起画戟掷向吕布，吕布回身打戟落地，董卓拾戟再追赶时，吕布已逃得很远。

第五回
吕布诛杀董卓
李傕怒犯长安

　　吕布在花园见貂蝉而被董卓碰上的事传到李儒耳中，李儒很担心，匆忙跑来见董卓，董卓余怒未息，气汹汹地骂吕布："没想到这小子，这么大胆，竟敢戏弄我的爱姬，我发誓一定要杀他！"李儒劝董卓："太师好好想想。以前楚庄王宴请文武大臣，有位叫蒋雄的武将醉后调戏庄王的爱姬，而庄王假装不知道，不肯追究。后来，一次大战，庄王被秦兵围困，全靠蒋雄拼死相救才得脱身。貂蝉不过一个女子，而吕布是你的心腹猛将。你想得天下，何必在意一个小女子。倒不如借这个机会，把貂蝉送给吕布，吕布感恩，一定以死回报你。"董卓考虑了一阵，认为有道理，决定听李儒的。董卓进后堂，来问貂蝉："你是我的爱姬，为什么要和吕布私通？"貂蝉哭着说："哪里是啊？我在后园看花，吕布突然进来了。我正要回避，吕布说他是你的干儿子，不用避他。没想到，他后来提戟赶我到凤仪亭，想要不轨。我怕被他逼迫，脏了身体，就想跳荷花池自杀，却被他抱住。就在这时你赶来，才救了我的性命。"董卓试探貂蝉："那我干脆把你送给吕布，怎么样？"貂蝉听说,顿时大哭起来:"我已经是你的人,现在你要把我送给家奴,我宁死也不受这种屈辱!"说完,就去取壁上的宝剑要自杀。董卓慌忙夺过宝剑,很爱惜地抱着,哄她:"哎呀,我是开玩笑的嘛!"貂蝉顺势倒在董卓怀里,小声抽泣:"这一定是李儒出的主意!他和吕布关系好,所以才想这个办法;为了便宜吕布,不顾惜太师你的体面,也不管我的性命。我恨不得吃他的肉!"董卓信以为真,继续哄着貂蝉:"别说了,我哪舍得你啊?"貂蝉故意表示担心:"我们换个地方吧,我怕吕布经常来骚扰。"董卓马上答应:"我们明天就去郿坞,安心快乐,绝对不会有人来打扰的。"貂蝉一听,开心地笑了。

第二天,李儒来见董卓,要董卓当天就把貂蝉送给吕布,董卓推托说:"吕布和我是父子关系,恐怕这么做不合适。以前的事情,我不追究就是了。你见了他,好好替我安慰他。"李儒当即就急了,跟董卓说:"你千万不能被女人迷惑,要以天下为重啊。"董卓很不高兴,回击了一句:"你肯把你老婆送给吕布不?貂蝉的事情,我已经有安排了,不要再说,谁要多事,我就杀了他!"李儒无奈,出来仰天叹息:"可怜啊,我们将死在这个女人手里!"

董卓当天就带着貂蝉回郿坞去了。貂蝉在车上,远远看见吕布在人群中,使劲朝这边看。貂蝉故意用长袖遮住自己的头,做出痛哭的样子。董卓的车走远了,吕布在土冈上,恋恋不舍,独自望着车子的方向叹息。忽然听到背后有个人问:"吕将军怎么不跟董太师一起去啊?"吕布回头一看,是王允。王允见吕布不说话,故意拿话来激他:"我这段时间,因为生病,一直没出来走动,好久不见你。没想到今天在这里碰到,不知道你发生什么事情,一个人在这儿叹息?"吕布很丧气地说:"还不是为你的女儿。"王允故作惊讶:"董太师这么久还没有把小女送还将军?"吕布埋怨:"那老东西自己宠爱着,哪舍得给我!"王允装着自言自语:"老朽确实不知道有这等事情!"吕布于是把事情前后一一说给王允听了。王允跺着脚,骂董卓:"没想到他竟是这么禽兽的一个人!"王允故意宽慰吕布,要他暂时不考虑这事,先到他家喝杯酒。吕布于是和王允一起回去。

吕布在王允家里只顾喝酒,一句话不说,王允一个人自语:"董太师玩弄我家小女,强夺将军妻子,实在让天下人耻笑。人家不笑董卓老贼,只会耻笑王允和吕将军啊!不过我王允年老无能,已经无所谓;只可惜吕将军是当今的盖世英雄,也受这种侮辱!"吕布听了,怒气冲天,"啪"的一声把桌子掀翻,牙齿咬得格格直响。王允忙着赔罪:"老朽说错话了,将军千万不要生气。"吕布握住宝剑发誓:"我一定要杀了这个老贼,雪我奇耻大辱!"王允上前捂住吕布的嘴说:"你可千万别这么说,董太师听到了,你我都不能活命啊!"吕布沉默了一会儿,好像有些无奈,感叹:"我想杀这个老贼,可他又是我爹,怕人家议论。"王允微笑着说:"你姓你的吕,他姓他的董。掷戟追杀你的时候,他想过你们的父子感情没有?"吕布好像被提醒了,杀董卓的主意逐渐坚决。王允见吕布不再犹豫,当即下拜致谢,"汉朝不灭,全靠你啦。"吕布喝完酒,回家去了。

王允随即召集孙瑞、黄琬来商议。孙瑞说："皇帝生病，刚刚好转，可以派一个能言善辩的人，到郿坞去请董卓，就说是皇帝请他商议国是；然后暗中叫吕布带领士兵埋伏在朝门内，等董卓进来，就地杀了他。"黄琬问："派谁去好一点？"孙瑞说："吕布的老乡都尉李肃，长期跟随董卓，不过董卓一直不给他升官，他心里很有怨气。派他去，董卓应该不会怀疑。"王允差人去问吕布，看这个主意怎样，吕布也赞同，于是派人去请李肃。王允和吕布对李肃说了他们的安排，李肃当即表示他早有这个想法，只是一直没有找到合适的人帮忙而已。于是三人，在暗室里折箭为盟，誓杀董卓。

第二天，李肃带了十几个人到郿坞见董卓。李肃入拜。董卓问："皇帝有什么事召我？"李肃说："皇帝长期有病，虽然刚刚好转，但还是感觉无力处理朝政，准备在未央殿召集文武百官，到时想禅位给你，特地叫我来通知你。"董卓问："王允的意见如何？"李肃回答："他正派人筑受禅台，只等你过去。"董卓信以为真说："我昨夜梦见一条龙朝我飞来，今天果然有喜信。机会终于到了！"马上命心腹将领李傕、郭汜、张济、樊稠四人领飞熊军三千人守住郿坞，自己准备车驾当天回长安。董卓对李肃说："我称帝后，封你为执金吾使。"李肃拜谢，以臣自称。董卓临走，与他母亲告别。母亲问："你要往哪儿去？"董卓得意忘形地说："你儿子将去接受禅让，你以后就是太后！"母亲说："我近来心惊肉跳，恐怕不是什么好兆头，你要小心一点。"董卓宽慰母亲说："您将做国母了，哪能没有一点奇怪的预告呢！"董卓临走，又来见貂蝉，说："你好好待着，我做皇帝了，立你为贵妃。"貂蝉已经知道实际情况了，假装欢喜。

董卓离开郿坞，前呼后拥，往长安而来。走不到三十里，所乘之车，车轮突然断裂，董卓下车换乘马。又走不到十里，那马咆哮嘶喊，掣断辔头。董卓惊讶，问李肃是什么兆头，李肃说："太师此行去接受禅让，这正是弃旧换新，将乘玉辇、坐金鞍的好兆头。"董卓大喜，相信了。走了一阵，忽然狂风大起，大雾遮天。董卓问李肃说："这又是什么兆头？"李肃说："太师将登皇位，必有红光紫雾，以壮声威。"董卓果然又喜而不怀疑。董卓的车队到达城外，文武百官果然都来迎接，只有李儒生病在家，没有来。吕布也主动前来祝贺，董卓果然没有一点怀疑。

董卓休息了一个晚上，第二天早上，带着自己人马列队入朝，碰到一位道人，青袍白巾，手握长竿，挂着一块布，两头各写一个"口"字。董卓问李肃："这是什么意思？"李肃说："这些道人都疯疯癫癫的，不用管他。"叫武士赶走了。李肃手握宝剑，紧紧跟在董卓的车后。到了北掖门，守门的士兵把董卓带来的武士全部拦在外面，只让扶车的二十多人进去。董卓远远看见王允等人都手握宝剑立在殿门口，有些怀疑，问李肃是什么意思，李肃没答应，只顾推车。王允看见董卓的车靠近，大呼："反贼已到，武士们出来。"两旁涌出百多士兵，疯狂地扑向董卓。董卓身穿软甲，刀剑刺不透，从车上滚落，大喊："我干儿吕布在哪儿？"吕布从车后跳出，一戟直刺董卓咽喉,李肃再加一刀,把董卓的头割下。吕布左手握戟,右手从怀中取出诏书,宣布:"奉诏讨伐董卓,其余不问!"董卓就这样被杀死。

李傕、郭汜、张济、樊稠听说董卓已被杀死,知道吕布很快将杀过来,带领几千飞熊军连夜逃回凉州。吕布带兵来到郿坞,先取了貂蝉,然后命人去追杀董卓的亲属,不分老幼,全部诛戮。当晚王允犒劳军士,设宴于都堂,召集百官,大家都相互称贺。

李傕、郭汜、张济、樊稠逃回陕西,派人到长安上表求赦。王允说:"董卓能飞扬跋扈,全靠这四个人帮助,可以大赦天下,但万不可赦这四个人。"使者回报李傕。李傕说:"既然求赦不得,大家各自逃生吧。"谋士贾诩独认为不可:"大家如果单独逃跑,一个亭长带几个士兵就可以捉住大家。还不如招募一些人马,加上本部军马,一起杀入长安,为董卓报仇。如果成功,我们可以控制朝廷以命令天下;如果不成功,到时再逃也不迟。"李傕听从,于是到处散布流言,说朝廷将派军队扫荡西凉,一时间西凉人心惶惶。然后煽动大家:"与其等死,还不如一起杀入长安。"一夜之间,聚众十余万,分成四路,杀奔长安而来。路上碰到董卓的女婿牛辅,正带兵五千人,前去给丈人报仇,李傕于是与他合并,一同前进。

王允听说西凉兵马杀来,跟吕布商议,吕布决定迎敌。第二天和李肃带兵出击,正好碰上牛辅,大杀一阵。牛辅抵挡不过,败下阵去。当夜二更,牛辅乘李肃不备,来偷袭。李肃大败,逃了三十余里,士兵损失过半,来见吕布,吕布大怒,把李肃斩了。

吕布诛杀董卓

第二天，吕布与牛辅对阵。那牛辅哪是吕布的对手，一交手就大败而逃。牛辅料定自己不是吕布的对手，夜晚悄悄带足金银珠宝，带了三五个亲随逃走了。渡河的时候，随从为谋取金银，把牛辅杀了，提头来见吕布，吕布把所有的金银都占为己有，然后把这些投降的随从也杀了。

吕布白天领军继续前进，与李傕厮杀。吕布不等他列阵，掩军一阵胡乱冲杀。李傕军队不能抵挡，败走五十余里，依山扎寨，晚上请郭汜、张济、樊稠商议。李傕说："吕布虽然勇敢，不过没有什么智谋。改天我带兵守住谷口，每天故意引诱他出来厮杀，郭将军则带领军队包抄他，从后面袭击他，每次鸣金则进兵，擂鼓则收兵。张、樊二将军，分兵两路，直奔长安。这样他们首尾不能救应，一定大败。"大家领命出去。

吕布带兵赶到山下，李傕引军挑战。吕布大怒，冲杀过去，李傕稍微战了几个回合，带兵退走上山。山上炮石如雨，吕布不敢贸然前进。正想回去，忽然有军士报告郭汜从阵后杀来，吕布急忙往回杀。赶了一阵，只听鼓声大震，郭汜的军队退回去了。吕布不想再战，正要收军，锣声响起，李傕领军又杀来。吕布来不及布阵，背后郭汜又领军杀来。等吕布来战郭汜，却又擂鼓收军去了。激得吕布怒气满胸，却没有什么办法。一连这样战了几天，想战不得，想停止不能。吕布正在怒头上，忽然有探子来报，说张济、樊稠两路军马，杀到长安，京城紧急。吕布不敢停留，带兵杀回长安，可是背后李傕、郭汜杀来，纠缠不休。吕布无心恋战，只顾奔走，损失了很多人马。等到了长安城下，张济、樊稠的军队早把城池里三层外三层地围了起来，吕布苦战不胜。

几天之后，董卓的余党李蒙、王方在城中作为内应，打开城门，张济、樊稠带领军队一齐冲进去。吕布虽然骁勇，但是所带人马太少，左冲右突，终究拦挡不住，带领百多人冲往青琐门，派人去接王允，以便一起逃走，王允不肯。吕布只得带领百余骑冲出城门，投靠袁术去了。

李傕、郭汜进城后纵兵大肆掠夺，奸淫烧杀，无恶不作。许多大臣，如太常卿种拂、太仆鲁馗、大鸿胪周奂、城门校尉崔烈等都被乱军杀死。李傕、郭汜急着攻进内廷，被少数禁军拼死抵抗，推进速度较慢。皇帝身边的侍臣不得已，请皇帝亲自上城门制止李傕等人。李傕等远远望见皇帝的车盖，止住士兵，跪呼"万岁"。皇帝靠着城门问："你们没有命令，无故杀入长安，想要怎么样？"李傕、郭汜抬头回答皇帝："董太师乃是国家大臣，没有任何过错，却被王允杀害，我们为他报仇而已，并不是造反。只要见了王允，我们马上撤兵。"王允当时正在皇帝身边，当即向皇帝说："我当初也是为国家着想。事情发展到现在，请皇帝不要顾惜我，让我下去见他们。"皇帝不忍心，犹豫不决，不敢开口。王允从楼上一步跳了下去，李傕、郭汜上前，用剑指着他问："董太师有什么罪，你把他杀了？"王允很冷静地说："他的罪过就是说上几天也说不完！被杀的时候，长安城里，没有人不庆贺的，你难道没有听说吗？"李傕、郭汜说："董太师有罪，可是我们有什么罪，不肯放过我们？"王允破口大骂："你们这群强盗，我没有什么话可以跟你们说的！你们想杀就杀吧！"李催举起王允，郭汜一剑直刺王允胸膛，王允立刻毙命。李催、郭汜杀了王允，又差人去搜王允的宗族老幼，全部杀害。

第六回
太史慈酣斗小霸王
孙伯符大战严白虎

　　袁术在寿春设宴犒劳将士。突然有人报告，孙策征讨庐江太守陆康，取胜回来。袁术很高兴，命令人立刻去请孙策来参加宴会。原来孙策自从他父亲去世后，退居江南，注意招揽贤士，势力壮大得较快；后来因为陶谦和舅舅丹阳太守吴景不和，于是把母亲及其他亲属迁到曲阿，自己则来投靠袁术。袁术比较器重孙策，曾经感叹："假如我袁术有像孙策这样的儿子，即使死了，又有什么遗憾！"先是封孙策为怀义校尉，让他带兵去进攻泾县祖郎，很快取胜；袁术见孙策勇猛，于是又让他去进攻庐江太守陆康，今天又取胜而回。

　　当晚筵席之后，孙策一个人回到营寨，想起自己这些年来，一直不得志，寄居在别人这里，心中郁闷得很；想想父亲孙坚当年何等英雄，自己半生沦落，差得太远，忍不住放声大哭起来。正哭得伤心的时候，一个人从门外走进来，问："孙策这是怎么了？你父亲在的时候，有事情也常常问我。你要是有什么事情做不了主，为什么不问我，而一个人在这儿哭？"孙策抬头一看，原来是朱治，是他父亲的一个老部下。孙策于是告诉他："我所哭的是，恨自己不能继承父亲的大志,不能早点有所作为。"朱治说:"为什么不去找袁术,向他借点士兵回江东去,就说是去救你舅舅吴景,没必要长期在这里受他控制啊?"两人正在商议,一个人闯了进来,说:"你们说的,我都听到了。我手下有精壮士兵百多人,可以暂时借给伯符嘛。"孙策很惊讶,一看原来是汝南吕范,也是父亲的一位老部下。孙策大喜,赶快让座,三人一起商议。吕范说:"我只是担心袁术不肯借兵,其他的都好说。"孙策说:"我有父亲留下的传国玉玺,可以把这个抵押在袁术这里。"吕范说:"他一直在寻找这个! 如果抵押这个,他肯定会借兵的。"

第二天,孙策去见袁术,哭着向袁术说:"我父仇至今还未报,而现在舅舅吴景,又被扬州刺史刘繇追逼。我的母亲妻儿,都在曲阿,一定会被刘繇杀害。我想向主公借几千士兵,渡江救难。如果你不相信,我这里有父亲留下的传国玉玺,暂且抵押在这里。"袁术听说有玉玺,喜形于色,先叫取过来看看。袁术看完,说:"我并不是要你的玉玺,不过你太年轻,恐怕不一定能保管好,暂时留在我这里。我借三千士兵、五百匹马给你。你完事后,回来再取。"孙策拜谢,然后率领所借军马,带领朱治、吕范、程普、黄盖、韩当等将领,直奔扬州。

却说刘繇本来是汉室宗亲,最初是扬州刺史,驻兵在寿春,因为被袁术赶过江东,所以不得已才驻扎在曲阿。听说孙策领兵到来,马上召集将领商议。部将张英说:"我带领一支军队驻扎在牛渚,即使他有千万人马,也不能够闯过关来。"还未说完,帐下一个人高声说:"我愿为前部先锋!"大家一看,原来是黄县的一员年轻将领太史慈。刘繇说:"你太年轻,不可以做大将,还是留在我身边,听候我使唤好。"太史慈很不高兴地退下。张英于是领兵直奔牛渚,在后山仓库里储蓄粮食,准备持久坚守。孙策带兵赶到,张英迎战,两军会于牛渚滩上。孙策出马,张英大骂,黄盖率先冲出与张英大战。交战不久,忽然张英军中一阵骚乱,有人说寨中起火。张英急忙去救火,于是孙策乘势掩杀。张英大败,放弃了牛渚,逃往深山。原来那放火的,正是两员健将:一个是九江寿春人,叫蒋钦;一个是九江下蔡人,叫周泰。两个人本来聚众在扬子江中,劫掠为生;因为听说孙策是江东豪杰,一直注意招贤纳士,所以带领部下三百多人,前来投靠。孙策一见大喜,封他们为军前校尉。孙策这一仗收得牛渚仓库粮食、军器若干,另外降兵四千多人。

张英回去见刘繇,刘繇大怒,想杀他,谋士笮融、薛礼苦苦哀求才获免。刘繇亲自领兵驻扎在神亭岭南,孙策于岭北扎营。孙策问部下:"附近有汉光武庙没有?"部下说:"就在岭上。"孙策说:"我昨夜梦见光武帝召我见面,我要去祭祀一下。"长史张昭说:"不可。岭南就是刘繇的军营,如果遇到埋伏怎么办?"孙策说:"有神灵保佑我,我怕什么!"于是披挂上马,带领程普、黄盖、韩当、蒋钦、周泰等共十三骑,出寨上岭,到庙里来焚香。参拜完毕,出庙上马,孙策对众将说:"我想过岭,探看一下刘繇寨栅的虚实。"诸将都劝阻,孙策不听,骑马上岭,南望村林。早有伏路小兵飞报刘繇,刘繇说:"这一定是孙策的诱敌之计,我们不要追他。"帐下,太史慈又站起来说："这个时候不捉孙策，还等什么！"于是独自披挂上马，提枪出营，大喊："有胆量的跟我来！"那些将领都不动，只有一名小兵说："太史慈真是个猛将！我和他去！"骑马同行。各位将领都暗自发笑。

　　孙策看了半晌，正准备往回走，只听得岭上有人大叫："孙策哪里跑！"孙策回头一看，见两匹马飞奔下岭来。孙策将十三骑一字摆开。孙策横枪立马，等候二人到来。太史慈高叫："哪个是孙策？"孙策说："你是什么人？"太史慈回答："我便是东莱太史慈，特地来捉孙策！"孙策笑道："我就是。你们两个一齐上来，我不怕！我要是怕你，绝不是孙策！"太史慈回击："你们全都上来，我也不怕！"说完纵马横枪，直奔孙策。孙策挺枪来迎。两个人前后战了五十回合，不分胜负。程普等人在一旁暗暗称奇。太史慈见孙策枪法熟练，于是装输，引诱孙策来追。孙策好不容易追上，大吼："跑了算什么好汉！"太史慈心中暗算："这家伙有十二个人跟随，我就一个，即使活捉了他，也会被他们抢回去。干脆再跑一程，到那些家伙找不到的地方，再下手。"于是且战且跑。孙策不知是计，哪里肯停，一直追到平坦处。太史慈猛然勒回马再战，又是五十回合。孙策一枪搠去，太史慈闪过，一下挟住枪，太史慈趁势也一枪搠去，孙策也轻轻闪过，一下挟住枪。两个用力一拖，都滚下马来。那马却转眼之间，不知跑到哪里去了。两个在地上，丢了枪，抱住厮打，双方的战袍都扯得粉碎。孙策眼疾手快，一把抽出太史慈背上的短戟，太史慈顺势抓住了孙策头上的头盔。孙策握住戟直刺太史慈，太史慈举起头盔招架。两个扭打得难分难解，忽然喊声大起，原来是刘繇带了千余兵来接应。孙策正着急，程普等十二骑亦冲了过来。于是孙策和太史慈同时放手。太史慈和孙策各自讨了一匹马，取了枪，回身再战。刘繇率一千余军，和程普等十二骑混战一番，一直杀到神亭岭下，眼看程普等人招架不住，山下喊声又起，周瑜率领一支人马又杀到。双方一直杀到黄昏，风雨大作，于是两家各自收兵。

第二天，孙策引军到刘繇营前，刘繇引军迎战。两阵对峙，孙策用枪挑着太史慈的小戟，让士兵大叫："太史慈如果不是跑得快，昨天已经被刺死了！"太史慈也将孙策的头盔挑在枪上，让士兵大叫："孙策的头已经挂在枪上了！"两军只顾呐喊，吹嘘自己。太史慈忍不住出马，要与孙策决个输赢，孙策正要出马，程普说："让我来擒他。"程普跑出阵去，太史慈说："你根本不是我的对手，我只和孙策较量！"程普大怒，举枪直刺太史慈。两人大战，战到三十回合，刘繇鸣金收军。太史慈问刘繇："我正要捉拿他，为什么收兵？"刘繇说："周瑜领军偷袭曲阿，我家基业全部被他占有，这里不可久留。我们得赶快到秣陵，与薛礼、笮融等人会合。"太史慈于是跟着刘繇跑了，孙策也不追赶，收住人马。

第二天，忽然有人向孙策报告，刘繇会合笮融去偷袭牛渚。孙策大怒，带领大军直奔牛渚。刘繇、笮融二人出马迎战。孙策说："我今天赶到这里，你怎么不投降？"不等刘繇回话，刘繇的部将于糜从刘繇背后猛然冲向孙策，与孙策战不到三个回合，被孙策生擒过去，拨马回阵。刘繇的另一部将樊能,见捉了于糜,提枪来追孙策。樊能举枪刚要刺到孙策背心,孙策阵上士兵大叫:"背后有人!"孙策猛然回头,大吼一声,声如响雷。樊能受惊,从马上跌了下去,破头而死。孙策到门旗下,将于糜丢下,那于糜已被挟死。一时挟死一将,吓死一将,从此大家称孙策为"小霸王"。当天刘繇大败,孙策杀敌万多人。太史慈回到城中坚守,刘繇与笮融投靠刘表去了。

太史慈新招得精壮士兵二千余人,伙同原来兵马,又要来与孙策厮杀。孙策与周瑜商议活捉太史慈的办法。周瑜让孙策三面攻击,只留东门;在离城二十五里处,埋伏三路士兵,等太史慈到那里,人困马乏,再擒他。当夜孙策命陈武等将持刀,首先爬上城门放火。太史慈见城上火起,上马往东门逃走,背后孙策带军赶来。太史慈只顾跑,而孙策追了几十里,却不追了。太史慈跑了几十里,人困马乏,芦苇之中,突然喊声四起。太史慈正要继续逃跑,两下里绊马索一起拉起,连人带马绊翻了,生擒了太史慈。孙策听说捉到太史慈,马上出营,亲自来给太史慈松绑,还把自己的锦袍给太史慈披上,请入寨中,说:"我知道你是个大丈夫。刘繇不能用人,你才有这次失败。"太史慈见孙策待自己很好,于是请求投降。孙策大喜,握住太史慈的手,笑着问:"神亭大战时,如果你捉住我,会不会杀害我?"太史慈笑着回答:"那可不一定。"孙策大笑,于是请太史慈入帐,设宴款待。太史慈说:"刘繇刚败,士卒涣散。我明天回去就收拾剩余人马,来帮助你。不知你信任我不?"孙策答应,并起身致谢。于是约定第二天中午来投降,太史慈喝完酒,回去。孙策诸将都说:"太史慈肯定不再回来。"只有孙策坚信。第二天快到中午的时候,太史慈果然带领一千多人到寨。孙策大喜。于是孙策有数万之众,很快攻下江东。不久孙策领兵来打吴郡。

当时盘踞吴郡的是严白虎,他自称东吴德王。严白虎听说孙策率兵到来,命令弟弟严舆出兵,战于枫桥。严舆横刀立马站在桥上,等着孙策。孙策闻报,上马就要出战,韩当率先出马。韩当在桥上与严舆大战,蒋钦、陈武则驾着小舟从河岸边杀过桥来。乱箭射倒岸上士兵,然后二人飞身上岸一阵砍杀。严舆抵挡不住,败走。韩当引军直杀到阊门下。

孙策随后,分兵水陆并进,围住吴城。一围三天,严白虎就是不出战。孙策来到阊门外劝降。城上一员裨将,左手托住护梁,右手指着城下大骂。太史慈在马上拉弓搭箭,轻声对自己的将士说:"看我射中这家伙左手!"话未说完,弓弦响处,果然射个正中,把那裨将的左手射透,反钉在护梁上。城上城下将士,没有不喝彩的。严白虎看了,大惊,感叹:"孙策有这样的将领,哪个是他对手!"于是商量求和。

第二天,严白虎派严舆出城,来见孙策。孙策请严舆入帐饮酒。喝了很久,孙策问严舆:"你哥哥到底是什么意思呢?"严舆说:"他想和你平分江东。"孙策大怒:"什么东西,敢和我平分!"命令武士斩严舆。严舆拔剑起身,杀向孙策,孙策挥剑砍过去,把严舆砍为两段,割下首级,令人送入城中。严白虎料到自己终究敌不过孙策,弃城逃走。孙策进兵追杀,黄盖攻取嘉兴,太史慈攻取乌程,于是数州很快都归孙策所有。

严白虎跑到余杭，分兵驻扎在西津渡口。程普赶来再战，严白虎再败，连夜逃到会稽。会稽太守王朗，想要救严白虎，帐下一人高喝："不可。孙策用仁义服众，而严白虎以暴力掠众，我认为应该擒严白虎送给孙策。"王朗一看，是余姚虞翻，王朗大怒，虞翻长叹而出。王朗于是带兵与严白虎会合，一同在山上布兵。孙策带兵赶来，对王朗说："我带兵来平定浙江，你为什么帮助匪徒作乱？"王朗也大骂："你贪心不足！既得吴郡，又想霸占会稽！我今天特地来给严白虎报仇！"孙策大怒，正要出战，太史慈早已冲了出去。王朗拍马舞刀，与太史慈战不数回合，王朗部将周昕，杀出助战；孙策阵中黄盖飞马接住周昕交锋。两下鼓声大震，互相鏖战，难分胜负。忽然王朗阵后一阵大乱，一彪军马从背后包抄过来，王朗大惊，急忙拨马去救。原来是周瑜与程普引军从背后杀来，前后夹攻，王朗寡不敌众，与严白虎、周昕杀出条血路，跑入城中，紧闭城门。孙策大军乘势追到城下。

王朗在城中见孙策攻城太急，想出去决一死战。严白虎说："孙策兵势强大，暂时只宜深沟高垒，坚守不出。我们坚持一个月，对方军粮吃尽，自然撤走。那时我们乘虚追杀，一定大胜。"王朗听从，于是固守会稽城而不出。孙策一连攻了好几天，不能成功，于是召集部下商议。孙静说："我们不要正面攻打。会稽粮食，大半屯在查渎；距离这里就几十里，不如先攻打查渎，断他的粮路。"孙策觉得有理，马上下令于各门放火，高挂旗帜，设为疑兵，连夜撤军杀向南边去。王朗听说孙策将军马撤走，带领将士来城楼上察看虚实；只见城下烟火四起，旌旗凌乱，一时拿不定主意。周昕说："孙策肯定全面撤走，这些只不过是设的疑兵，故意迷惑我们的。我们完全可以出兵追杀。"严白虎说："孙策说不定是要去查渎，让我带兵与周将军追杀他。"王朗说："查渎是我屯粮的地方，正须严加提防。你们带兵先去，我随后杀来。"严白虎与周昕领五千兵出城追赶，追了二十余里，忽听密林里一阵鼓响，火把齐明。严白虎知道中计，勒马回走，一将当先拦住去路，火光中隐隐可见，正是孙策。周昕舞刀来杀孙策，反被孙策一枪刺死。严白虎杀出条血路，奔余杭逃去，其余兵士大部分投降。王朗出城后听说严白虎大败，不敢入城，率部下奔逃至海隅去了。孙策率大军回来，乘势占了城池，安定百姓。才隔一天，严白虎的部将董袭提着严白虎的头来见孙策。从此浙江全部为孙策所有，孙策令孙静镇守会稽，令朱治镇守吴郡，自己率军回江东。

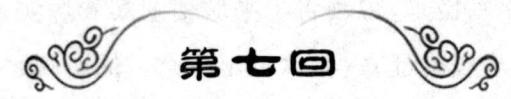

第七回
曹操苦战下邳城
吕布丧命白门楼

　　刘备被吕布赶出了小沛，实在没有去处，只好率领关羽和张飞投奔了曹操。曹操用刘备为先锋，领兵一万去徐州攻打吕布，很快取胜，吕布被赶到了下邳。曹操得了徐州，很高兴，于是商议起兵攻打下邳，想一举消灭吕布。程昱劝阻说："吕布现在只有下邳这么一个落脚点，如果追逼太急，恐怕他要么拼死相战，要么就会去投袁术。如果吕布与袁术会合，势力壮大，到时更加难攻。我看现在最好是派一支队伍守住去淮南的小路，内可以防止吕布，外可以阻挡袁术。而且山东还有臧霸、孙观等人也没有归顺，守住这条小路也可以一样防范他们。"曹操说："很好，我亲率大军防守山东诸路。淮南小路，让刘备负责。"刘备只好接受。第二天，刘备留下糜竺、简雍等将领看守徐州，自己带领孙乾、关羽、张飞等率军去守淮南小路。曹操亲自带兵去攻打下邳。

　　吕布驻扎在下邳，凭借粮食充足，又有泗水河，以为可以安心坐守，整天只是饮酒作乐。陈宫过来劝吕布："现在曹操带兵刚来，我们可乘他扎寨未稳，还没有充分准备，马上出击，一定可以大胜。"吕布说："我以前和他交战总是大败，不能轻率出战。现在只能等他们来进攻,然后出击,把他们全都打下泗水,这样才可以取胜。"于是不听陈宫的。过了几天,曹兵已经安顿好。曹操带领主要将领到城下,大喊吕布回话,吕布上城来见曹操,曹操对吕布说:"我听说你又要和袁术结为儿女亲家,所以才领兵到这里的。袁术有谋反大罪,而你曾经讨伐董卓立过大功,现在为什么要放弃以前的功劳而跟随逆贼呢?如果我们攻破城池,恐怕你后悔都来不及!如果现在投降,一起扶助汉王朝,我还是可以保证让你享受高官厚禄的。"吕布回答:"曹丞相先回去,让我想想。"陈宫在吕布旁边大骂曹操奸贼,趁其不防备一箭射中曹操车盖。曹操很生气,指着陈宫说:"我有机会一定杀掉你!"曹操于是带兵攻城。陈宫对吕布说:"曹操远道而来,一定不能坚持多久。你可以带领步兵驻扎在城外,我带其余将士守在城内;曹操如果到城外攻打你,我就带兵攻打他后面;如果他带兵攻城,那么你可以带兵攻打他后面;这样不过半个月,曹操军粮耗尽,完全可以一战打败他。"吕布完全同意,马上回家收拾。当时正是冬天,吕布命令士兵多带棉衣,吕布的妻子严氏听说吕布要出去打仗,忙问去哪里,吕布把陈宫的想法说了。严氏当时泪流满面地说:"你放弃全城,离开妻子儿女,一个人远出,如果一旦有什么事情,你怎么顾及我们?"吕布听了,果然犹豫不决,于是待在家里,几天不出来。陈宫去催吕布,说:"曹操军四面围城,如果不早点出去,迟早被围,到时想出去也来不及。"吕布说:"我觉得出城防守,还不如在里面坚守。"陈宫又出一计说:"最近听说曹操军粮很少,正派人到许都去运,过一段时间就会运到,你带精兵去截断他的粮道,他如果来进攻你,我带大军从后面掩杀过来。"吕布觉得这个办法很好,又去对严氏说。严氏又哭诉:"你如果出去,陈宫、高顺哪能守得住城池?如果有什么闪失,到时后悔都来不及!以前在长安,你也是这样,那次幸亏庞舒帮我们,才能和你重聚;现在又要远走,那你还是以个人事业为重,不要再管我好了!"说完伤心大哭起来。吕布又犹豫不决,去问貂蝉。貂蝉娇滴滴地说:"你要为我们几个女人做主啊,还是不要出去的好。"吕布只好说:"你别怕。我有画戟、赤兔马,哪个敢靠近我!"然后出去对陈宫说:"曹操自己说粮食很少,我估计他是故意骗人的。曹操这个人向来诡计多端,我看还是不要出去了。"陈宫没办法,出门长叹:"我们这帮人跟随吕布看来是要死无葬身之地了啊!"吕布从此整天不出家门,只同严氏、貂蝉饮酒解闷。

吕布的谋士许汜、王楷来见吕布,给他出主意:"袁术在淮南,势力很大。你过去曾和他有过婚约,现在何不再和他联系此事?这样我们和袁术结上婚姻关系,曹操如果进攻,我们两家内外夹攻,曹操迟早可以打败。"吕布觉得很好,马上修书,就派这两个人去联系袁术。许汜说:"路上有曹军把持,得派一支人马先去开路,冲出去才行。"吕布于是命令张辽、郝萌两个带一千士兵,送出隘口。晚上二更,张辽在前,郝萌在后,护着许汜、王楷杀出城去。绕过刘备的军营,众将来不及追赶,许汜、王楷已经跑出隘口。郝萌带五百人,跟许汜、王楷去袁术那里。张辽带另一半人回来,回到隘口,被关羽拦住。还没交锋,高顺带兵杀出城来救应,把张辽接入城中去了。

　　许汜、王楷到寿春,拜见袁术,送上书信。袁术说:"上次吕布杀我的使者,推迟和我约定的婚姻!过了这么久,又来主动提起,这是为什么?"许汜说:"上次是因为曹操从中破坏,我想你一定明白的。"袁术说:"你的主人要不是因为曹操兵围太急,怎么可能答应把他的女儿许配给我?"王楷说:"曹操现在势力很大,你如果不出兵相救,吕布失败,对你也没有什么好处啊。"袁术说:"吕布这个人反复无常,一向不讲信用,我不能随便相信他。如果这次先把他女儿送过来,我随后就可以发兵。"许汜、王楷只得和郝萌回来。到刘备的寨边,许汜说:"白天我们先歇着,到晚上我们二个人先走,郝将军断后。"商量好后,晚上,许汜、王楷先过去了。郝萌正要带领人马冲过去,被张飞出寨拦住了去路。郝萌交战只一个回合,被张飞生擒过去,五百人马尽被杀散。张飞绑着郝萌来见刘备,刘备将郝萌押往大寨见曹操。郝萌详细说了求救许婚的事,曹操大怒,斩郝萌于军门,派人传令各寨,小心防守,谁走漏吕布及其士兵,按军法处置。各寨都加强看守。刘备回营,吩咐关羽、张飞:"我们正好在淮南要道上。两位兄弟一定要小心在意,不能犯曹操军令。"张飞有些不高兴:"我捉了一员贼将,不见曹操有什么奖赏,倒反来吓唬人?"刘备劝了一回:"不是这样的。曹操统领军队这么多,不用军令,哪儿能服人?你只管小心就是。"关羽、张飞应诺而退。

　　许汜、王楷回去见了吕布,说了袁术要先得吕布的女儿,然后才肯出兵援救。吕布问："怎么才能送过去?"许汜说："现在郝萌被捉,曹操一定知道我的想法,会提前做准备。除非你亲自护送,不然谁都不能突出重围?"吕布着急,问:"今天就送过去,怎样?"许汜说:"今天时令不好,不能去。明天时令大吉。"吕布于是命令张辽、高顺带领三千军马,安排一辆小车;他决定亲自护送女儿到二百里外,然后让张辽、高顺两个送去。第二天夜里二更,吕布将女儿用锦缎缠身,用软甲包裹,背在背上,提戟上马。放开城门,吕布率先出城,张辽、高顺跟着。来到刘备寨前,只听一声鼓响,关羽、张飞二人拦住去路。吕布无心恋战,只顾夺路。刘备亲自带领一军杀来,两军混战。吕布虽然勇猛,终究是绑了女儿在身上,只怕伤着,不敢用力冲杀。后面徐晃、许褚又杀来。吕布见对方人多,进攻又猛烈,只好退回城里。刘备收军,徐晃等各自回寨。吕布回到城中,心中苦闷,只顾饮酒。

　　曹操攻打下邳也不顺利,攻了两个月,还是拿不下。忽有军士来报告:河内太守张杨出兵东市,准备援救吕布;随后被部将杨丑杀掉,杨丑准备提张杨的头来见,却被张杨心腹将领眭固所杀,最后投奔犬城去了。曹操听说,马上派遣史涣追杀眭固。然后召集将领商议:"现在北有袁绍,东有刘表、张绣,下邳又久攻不下,我想丢下吕布这边不管,回许都修整一下,大家认为怎样?"荀攸马上劝阻曹操说:"不可以。吕布吃了几次败战,士气受挫;军队以将帅为主,如果将帅无心打仗,这支军队很快就会完了。现在陈宫虽有点谋略,不过吕布经常不采纳他的。吕布元气始终未能恢复,陈宫现在也往往是举棋不定,如果我们乘机猛攻,吕布不久可擒。"郭嘉乘机说:"我有一计,下邳城立刻可破,胜于二十万军队。"荀彧在旁边笑了一下,问:"你说的是决沂水、泗水吧?"郭嘉会意一笑,说:"正是这个意思。"曹操听了大喜,随即命令士兵,去挖两河上所有的堤坝。曹操的军营都在高原上,挖完就坐在高处看水淹下邳。下邳满城,只剩东门没有被水淹。士兵飞报吕布,吕布还很不在意地说:"我有赤兔马,渡水就像在平地上跑一样,怕他什么!"仍旧与妻妾痛饮美酒。吕布因酒色过度,面容消瘦;一天取镜子一照,吃了一惊,心里暗想:"我被酒色伤成这样!从今天开始,应当戒掉。"于是下令城中,谁敢饮酒,斩。

吕布有位部将叫侯成,有十五匹马,被喂马的人偷去,准备送给刘备。侯成发觉后,追杀喂马的人,将马追了回来;其余将领都来向侯成祝贺。侯成酿了五六斛酒,想和这些将领痛饮,但又怕吕布怪罪,于是先给吕布家里送了五瓶过去,吕布见了酒大怒:"我刚禁酒,你却酿酒聚众会饮,是不是想灌醉我,好杀掉我!"说完命令武士推出去斩了。宋宪、魏续等将领都来求情,吕布饶他不死,但命令打了五十大板,然后放了回去。晚上宋宪、魏续到侯成家来探看,侯成哭着说:"不是你们帮忙,我今天死定了!"宋宪说:"吕布只知道迷恋妻子酒色,哪知道顾惜我们的性命。"魏续叹息:"曹操兵围城下,水淹下邳,我们只有等死!"宋宪说:"吕布不仁不义,对我们也不好,要不我们逃跑算了。"魏续说:"这么做太便宜他了。不如捉住吕布,投降曹操。"侯成说:"我因追马才受吕布毒打,而吕布所依靠的是赤兔马。如果你们两个真的敢捉吕布,那我先去偷他的赤兔马。"三个人就这样商量好了。当晚,侯成悄悄溜进马院,偷走了那匹赤兔马,往东门跑了。魏续开门放出,却装作追赶的样子。侯成来到曹操的军营,送上马匹,详细向曹操说了宋宪、魏续以插白旗为号,准备投降的事情。曹操听了,大赏侯成。

第二天早上,下邳城外喊声动地。吕布吃了一惊,匆忙提戟上城,挨门检察,责骂魏续放走了侯成,丢了战马,本想治他的罪,外面太急,暂时来不及管。城外的曹兵看见城上竖起白旗,猛力攻城,吕布只好随便找了匹马骑上,亲自抵抗。从早上一直打到中午,曹兵稍稍停止。吕布在门楼上休息,忍不住在椅子上睡着了。宋宪赶退吕布周围的卫士,先偷走画戟,然后与魏续一齐动手,用绳子把吕布紧紧绑在椅子上。吕布从梦中惊醒,急叫左右,都被二人杀散。二人举起白旗向下召唤,曹操的军队一起冲向城下。魏续在城上大喊:"已捉住吕布!"夏侯渊等在城下不信,不肯马上进城。宋宪在城上掷下吕布的画戟,然后打开城门,曹兵才一拥而入。高顺、张辽在西门,被水围住,被赶来的曹兵活捉。陈宫跑到南门,被徐晃捉住。

曹操进城后,随即传令堵住决堤的大坝,出榜安定平民;一面和刘备登上白门楼。关羽、张飞侍立在曹操和刘备旁边。吕布被绳索捆成一团,押了过来,吕布喊叫:"捆得太紧,请放松一点!"曹操冷冷地说:"捆老虎不能不紧。"吕布转过头来,看见侯成、魏续、宋宪都立在旁边,很生气地问:"我平常待你们不错，为什么要背叛我？"宋宪说："你专听妻子小妾的话，从不听将领的意见，这就叫好啊？"吕布羞愧地低下头。一会儿，一群士兵推着高顺过来。曹操问高顺："你有什么要说？"高顺不回答，曹操大怒，命令推出去斩了。徐晃押着陈宫过来。曹操故意问："陈公一直还可以吧！"陈宫说："你心术不正，所以我当初离开你！"曹操冷笑道："我心术不正，那你又为什么偏偏追随吕布？"陈宫说："吕布虽然没有什么谋略，不过他不像你这么诡诈奸险。"曹操嘲笑道："你自认为足智多谋，怎么会落到这般地步？"陈宫转过头去狠狠地盯住吕布说："都恨这个人不听我的！如果听我的，今天被擒的未必是我。"曹操说："那你想我怎么处置你？"陈宫大声说："今天的事有什么好说的，你杀了我就是！"曹操问："如果是这样，那你的母亲妻子怎么办？"陈宫回答说："我以前听说过，凡是讲究孝道的人，不会害别人的亲人；靠施行仁政来治理天下的人，不会让人家断绝后代。我母亲妻子的生死，就取决于你了。我既然已经被你捉住，你尽管杀了就是。"曹操本来不想杀陈宫，不过陈宫自己走下楼去了，左右的人拉都拉不住。曹操转身，看着陈宫离开，哭了。曹操对身边的卫士说："马上送陈宫的母亲妻子到许都，好好照顾。如有怠慢，斩。"陈宫听曹操这么说，也不开口，伸长了颈子等着。周围人看着都哭了。曹操杀了陈宫，命令用豪华的棺材装上尸体，厚葬在许都。

吕布被杀

曹操擦干泪后，来问吕布，吕布求饶："你过去一直怕的不过是我，如果我以后跟随你，征服天下，岂不是很容易的事情嘛？"曹操回头向刘备征求意见，刘备说："你忘记了丁原、董卓的下场了吧？"吕布听了，气得直骂刘备："你这个家伙最不讲情意！"曹操命令带吕布下楼，用绳了勒死。吕布一边下楼，一边大声求饶。吕布的部将张辽大骂吕布："大丈夫死就死，有什么可怕的，看你那副可怜相！"曹操大怒，命刀斧手推张辽过来。曹操上下看了一阵，指着张辽说："这个人怎么这么面熟？"张辽说："我们在濮阳城中曾经遇见过，你怎么忘了？"曹操笑了笑说："哈哈，你还记得！"张辽很不服气地说："只是可惜啊！"曹操不知张辽什么意思，问："可惜什么？"张辽说："可惜当时火不够大，不然就烧死你了！"曹操大怒："我的手下败将，还敢侮辱我！"说完拔剑在手，要来杀张辽。张辽却一点也不害怕，伸长颈子等着曹操。正在这时刘备上前握住曹操胳膊，关羽也跪在曹操面前同时为张辽求情。刘备说："像这样忠诚的人，正该留着自己用。"关羽也说："我非常了解张辽，一向以忠诚义气闻名，我愿意以性命担保。"曹操把剑丢在地上，笑了笑说："我当然知道张辽的为人，不过故意开个玩笑而已。"说完，亲手替张辽松了绑，并扶张辽到椅子上坐好，张辽非常感动，于是投降了。

第八回

曹操煮酒论英雄
关羽用计斩车胄

刘备在曹操身边为了掩饰自己的志向,有意让自己装得没有什么追求,于是在自己住处的后园里种菜,天天担水浇灌。关羽和张飞很不理解,问刘备:"哥哥不关心国家大事,而学平民百姓做事,这到底怎么了?"刘备说:"两位兄弟不要管,我自己清楚。"关、张二人只好不再问。

有一天,关羽、张飞外出了,刘备在后园浇菜,许褚、张辽带着十几个人进来对刘备说:"丞相有事找你,请你马上过去。"刘备很害怕,问:"是什么要紧事?"许褚说:"我也不知道。丞相只是让我来请你。"刘备没办法,只好战战兢兢地跟随二人来见曹操。曹操一见刘备,笑着说:"听说你在家干大事啊!"吓得刘备面如土色。曹操上来握住刘备的手,一直拉到后园,又说:"听说你学着种菜,不容易啊!"刘备这才放心,轻描淡写地说:"没什么事,打发一下时间嘛。"曹操接着说:"我刚才看见枝头梅子绿油油的,突然想起去年征讨张绣的时候,路上缺水,将士口渴得很;我当时灵机一动想了个办法,随便指着前进方向说:'前面有梅林,到时可以吃梅子解渴。'所有将士听说,馋得直流口水,所以都不渴了。今天看到梅子,觉得很有意思。刚好新煮的酒也好了,所以邀请你喝一杯。"刘备听着才慢慢放心。一起来到小亭,酒席已经摆好:盘里放着青梅,酒已经倒满。二人对坐,开始喝酒。喝了好久,忽然阴云密集,下起了大雨。有人说前面刮起龙卷风,曹操和刘备一起起身观看。曹操问刘备:"知道龙的变化不?"刘备说:"没听说过。"回到桌边,曹操就给他解释:"龙能大能小,能升能降,可以随意变化;大的时候,可以吞云吐雾,小的时候,隐藏起自身的形状,凭肉眼看不到;飞起来,则在天空中游来游去,如果他想隐藏起来,就潜伏在波涛下面。现在正好是暮春时候,龙随着时节变化,就像人志得意满而纵横四海一样。龙就像世上的英雄,你认识、听说的人一定很多,对当今英雄,不妨随便点评一下。"刘备说:"我是个平凡庸俗的人,哪里晓得什么是英雄?"曹操劝着说:"不要谦虚,今天喝酒,随便聊聊。"刘备还是不敢,只说:"我是靠你帮忙,才在朝中弄到个一官半职。对于天下英雄,我确实不知道。"曹操说:"没关系,尽管大胆说好了。即使没有和那些英雄见过面,也应该听说过他们的名字嘛。"刘备于是说:"淮南袁术,士兵很多,粮食也充足,算是英雄吧?"曹操很不在意地说:"他不过就像坟墓中一堆骨头而已,我早晚要活捉他,哪能算英雄!"刘备接着说:"那河北袁绍,世代高官,朋友遍布天下;现在占据冀州这块好地方,部下文士武将都很多,他应该算英雄吧?"曹操说:"袁绍表面看起来厉害,实际很软弱,什么事情总喜欢谋划,可惜不能决断;干大事情却顾惜自己的身体,可是碰到点小小利益却连性命都可以不要。这样的人哪能算英雄?"刘备接着说:"刘表喜欢结交天下英雄,统辖范围内的人都很佩服他,他算不算英雄?"曹操很蔑视地说:"刘表只有虚名,没有什么实际才能,不是英雄。"玄德又说:"孙策年轻气盛,又有大志,小小年纪已是江东头领,他算是英雄吧?"曹操说:"孙策靠的是他父亲的名气,其实没什么真本事,也不是英雄。"刘备问:"益州刘璋,算英雄吗?"曹操说:"他虽然是皇帝的亲戚,只能是看家的小狗,哪能算英雄?"刘备又问:"那张绣、张鲁、韩遂等人呢?"曹操拍掌大笑:"这些人都是些没有用的家伙,根本不值得一提!"刘备摇着头说:"除了这些人之外,我确实不知道还有谁。"曹操说:"真正的英雄,应该胸中有大的志向,脑瓜还要灵活,困难时候能想得出办法。"刘备问:"按这个标准,那谁能算英雄?"曹操先用手指刘备,然后指着自己,说:"当今天下,能称得上英雄的,就你我两个!"刘备听到这话,吓了一大跳,手中的筷子,一下掉在地上。这时候正好响起一声惊雷。刘备趁势捡起筷子,说:"这雷真是吓人,把我筷子都吓掉了。"曹操笑着说:"男子汉大丈夫也怕雷?"刘备说:"连孔子这样的圣人,遇到刮风下雨都会怕,何况我这样平庸的人?"就这样把筷子掉地上的事掩饰过去了,曹操一点也不怀疑。

大雨刚好停止,刘备和曹操还在桌上边聊边喝,两个人突然撞进后园,手提宝剑,来到小亭前面,左右武士都拦挡不住。曹操一看,原来是关羽和张飞二人。原来这两个人从城外射箭回来,听说刘备被许褚、张辽请到曹操那里去了,生怕曹操害刘备,所以冲了进来。一看刘备和曹操正在喝酒,于是按剑站立在旁边。曹操问二人怎么突然来了。关羽说："听说丞相和哥哥在喝酒，我们特地来舞剑助酒。"曹操笑着说："这不是鸿门宴，哪用得着项庄、项伯舞剑？"刘备也笑了。曹操忙命人取酒给关、张二人喝。一会儿，刘备向曹操告别回去。路上，关羽对刘备说："你怎么一个人出来，吓坏我们两个了！"刘备把席间的事细细说给关、张听了，关、张还是不明白，问是什么意思。刘备说："我学种菜，正是要曹操误以为我没什么大的志向；没想到他认为我是英雄，才吓得我把筷子都掉地上了。当时又怕曹操怀疑，所以借打雷掩饰过去。"关、张暗自佩服刘备机灵。

第二天曹操又来请刘备，两个人正喝得高兴，有人来向曹操汇报，说满宠去探听袁绍回来了。曹操急忙召满宠。满宠来向曹操汇报袁绍和公孙瓒之间的战事：公孙瓒与袁绍交战失利，不敢再交锋，于是筑城围墙，墙上建楼，高达几十丈，城内储蓄粮食三十万担，准备长期坚守。公孙瓒部下有的出城，被袁绍包围，其他人请求派兵援救，公孙瓒害怕失败，不肯出兵。后来袁绍大兵到来，还没交战，公孙瓒部下纷纷投降。公孙瓒势单力薄，派人送信到许都求救，结果在途中被袁绍的士兵拿住。公孙瓒又写信给张燕，约定举火为号，里应外合。送信的人又被袁绍捉住，袁绍按信中所说，来城外放火，故意引诱公孙瓒。公孙瓒不知道中计，亲自出战，中了埋伏，军队损失大半。正准备退守城中，被袁绍一直追到城里，四处放火围攻。公孙瓒走投无路，先杀了妻子儿女，然后自杀。袁绍招降了公孙瓒的余部，声势又壮大一些。袁绍的弟弟袁术在淮南只顾自己享乐，不顾士兵百姓，大家都起来反对他。袁术没办法，写信给袁绍，愿意把传国玉玺送给他，有意让袁绍做皇帝。于是两人约定，袁术亲自护送玉玺，并率领余部到河北与袁绍会合。刘备在座上听说公孙瓒死了，想到他以前曾经帮过自己，心中暗自伤心。考虑袁术可能北上，决定趁这个机会摆脱曹操的控制，于是起身对曹操说："袁术如果要去投靠袁绍，一定会经过徐州，我请求带领一支人马到半路拦截，保证擒住袁术。"曹操当即答应第二天去见皇帝，只要皇帝答应就可以；第二天，曹操见到皇帝，果然批准。于是曹操派刘备统率五万人马，又命令自己另外两员大将朱灵、路昭同去徐州拦截袁术。

刘备回到住处，连夜收拾兵器鞍马，匆忙催促出发。关羽、张飞从来没有见过刘备这么忙乱，在马上问刘备："哥哥这次出征，为什么这么仓促？"刘备说："我在曹操这里，就像鸟被关在笼子里、鱼被困在网中一样，这一走就像鱼被重新放入大海、鸟可以自由地在天空中飞，可以不受约束了！如果不快点离开，曹操要是反悔，追上我们，就麻烦了。"关羽、张飞明白了，也马上去催促朱灵、路昭带领军马快点出发。

当时郭嘉、程昱从外面押运军粮回来，听说曹操已经把刘备派去徐州了，慌忙进来问曹操："丞相为什么把刘备派出去？"曹操说："我让他去捉袁术。"程昱说："以前刘备做豫州牧的时候，我们都要求你把他杀了，你也不听；现在还给他这么多军队，这明摆着就是把猛龙放入大海，把老虎赶回深山啊。以后想捉他，更不容易了。"郭嘉也说："你即使不想杀刘备,也不应该放他出去。这么放走他,以后恐怕后患很多。"曹操觉得自己确实做错事了,马上命令许褚带精兵五百,一定要把刘备追回来。许褚接到命令,上马飞奔而去。

刘备和关羽、张飞正走着,突然看见后面尘土飞扬,知道是曹操派兵追来了,马上命令士兵,安营扎寨,叫关羽、张飞各拿兵器,站在帐篷门口。许褚赶到,见刘备的军队排列很整齐,下马来见刘备。刘备主动问:"你来做什么?"许褚说:"丞相命令我,请你马上回去,丞相有事情要和你商议。"刘备:"将领在外面带兵打仗,就是皇帝的命令有时也可以不听。我昨天出来的时候见过皇帝的,同时又是经过丞相批准的。今天应该没有什么其他事情,你马上回去,替我回复丞相就是。"许褚没办法,心想:"丞相这几天经常请他喝酒,和他关系应该很好,今天又不是叫我来杀他,刘备既然这么说了,我只好回去汇报就是了,看丞相有什么新的安排。"于是领兵回来,见了曹操,把刘备的话细细说了。曹操一时想不出什么新办法。程昱、郭嘉说:"刘备不肯回来,可见他是有意借这个机会溜走。"曹操无奈,只好说:"我有朱灵、路昭二人在他身边,料他刘备也不敢乱来。况且我既然已经派他出去,也不好意思反悔。"于是不再派人去追刘备。

刘备到达徐州,刺史车胄出来迎接。刘备休整了两天,派人去打探袁术的消息。探子回来汇报:袁术的部将雷薄、陈兰带领部分人马逃到嵩山去了。袁术现在势力很弱,想早点投靠袁绍。袁绍叫他收拾人马先到徐州安顿,然后到河北。刘备提前做好了准备,袁术一到,带领关羽、张飞、朱灵、路昭五万军迎出去,正碰上袁术的先锋纪灵。张飞根本不和他搭话,直奔纪灵。斗不上十个回合,张飞大吼一声,把纪灵杀死在马下,其余的士兵都逃走了。袁术没有其他像样的将领了,亲自带兵准备厮杀。刘备兵分三路:朱灵、路昭在左,关羽、张飞在右,刘备在中间,来与袁术相见。刘备在门旗下骂袁术:"你背叛朝廷,我今天奉诏前来讨伐你!如果下马投降,可以免你不死。"袁术也回骂:"你这个卖席子的乡村小民,有什么本事敢轻视我!"说完带兵杀过来。刘备让开,让左右两路军跟袁术厮杀。刘备的军队勇猛得很,杀得袁术的军队尸横遍野,血流成河;袁术的军队当即抵挡不住,有的投降,有的跑得快,逃走了。袁术的钱粮草料被嵩山雷薄、陈兰劫去,袁术更加无心恋战,一时进退两难,想要折回寿春,又怕被地方群盗偷袭,只得暂时驻扎在江亭。晚上清点军队,只剩一千多人,都是些老弱病残的。袁术的粮食很快吃光,只剩几百担麦子,勉强分派给士兵。袁术的随军亲人都找不到吃的,好多都饿死了。袁术嫌弃饭太粗,吃不下,叫厨子冲点蜜水来喝。厨子说:"现在只有血水,哪来的蜜水!"袁术蔫不唧地坐在床上,大叫一声,倒在地下,吐了一地的血,死了。袁术死后,侄儿袁胤扶袁术的灵柩及他的妻子投奔庐江,半路上被徐璆捉住,全部杀了。搜得袁术藏的玉玺,跑到许都献给了曹操。曹操很高兴,封徐璆为高陵太守。刘备收留了袁术的一些残余部队,一面写表申奏朝廷,一面写信给曹操,命令朱灵、路昭回许都,自己留下军马看守徐州;同时亲自出城,安抚流散的老百姓。

　　朱灵、路昭只身回到许都见了曹操,曹操因为损失了五万兵马,很生气,想杀朱灵、路昭。荀彧帮着求情说:"刘备控制了军队,他们两个想必没有什么办法。"曹操觉得也是这个道理,才没杀这两人。荀彧接着建议说:"可以写封信给徐州刺史车胄,让他想个办法,把刘备杀掉就行了。"曹操觉得好,悄悄派人去见车胄,转告了曹操的意思。车胄随即请陈登来商议。陈登说:"这事很好办。现在刘备出城去安抚百姓去了,很快将回来;你可以派一队人马埋伏在城内,到时你装着去迎接他,等他过来,趁他不注意一刀杀了;我在城上用弓箭手射住他的军队,肯定没有问题。"车胄采纳这个意见。陈登马上回去对他父亲陈珪,详细说了这事。陈珪却让陈登马上向刘备通报这事。陈登骑马去找刘备,路上正迎着关羽、张飞,先向他们说了这事。张飞听了,马上就要进城去厮杀,被关羽止住,关羽说:"我有一个办法可以轻松地杀掉车胄:晚上我们装扮成曹操的军队到徐州城外,引诱车胄出来迎接,到时趁机杀掉他。"张飞同意。刘备现在的军队本来就有曹操的旗号,衣服铠甲都是一样的,装扮起来很容易。当天晚上,关羽带了一支人马到城边喊开门。城上问是什么人,下边回答是曹操派张辽带来的人马。有士兵马上报告车胄,车胄找陈登商议,"现在怎么办呢?如果不迎接,怕真的是张辽带的人马;如果出去,又怕其中有诈。"陈登要车胄先出去看个虚实再说,于是上城回话:"晚上太黑,难以分辨,等天亮了再说。"城下马上回答:"快点开门,要是刘备知道我们来了,就没命了!"车胄犹豫不定,可是城外一片叫声。车胄只好披挂上马,亲率一千军马出城;跑过吊桥,问:"张辽在哪儿?"火光中远远看见关羽提刀纵马直奔过来,车胄吃惊不小,慌忙迎战,战不了几个回合,抵挡不住,拨马想逃。刚刚到吊桥边,城上陈登乱箭射下来,堵住了去路;车胄只好绕城逃走,正好关羽赶来,手起一刀,砍死在马下。关羽割下车胄的头,提回城上,大声宣布:"车胄已经被我杀了;其余的人与车胄无关,只要投降可以免死!"于是车胄的人马全都投降了。这个时候张飞早已进城,将车胄全家全部杀死。就这样刘备完全占有了徐州。

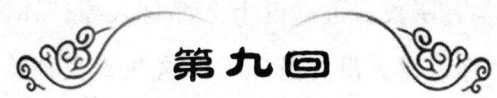

第九回

祢衡裸衣骂曹操
吉平下毒招极刑

张绣听从谋士贾诩的建议,投降了曹操,曹操十分高兴,封张绣为扬武将军,封贾诩为执金吾使。因为张绣和刘表私交很深,所以曹操要张绣给刘表写封信,劝刘表也来投降。贾诩为了立功,主动给曹操出主意,他说刘表喜欢结交名士,尤其是那些有才学的人,所以最好派一个文人过去做说客,才可以劝刘表来投降。于是曹操向荀攸征求意见,看派谁去合适一点。荀攸推荐孔融,曹操心里其实也想到了孔融。荀攸去找孔融,转达了曹操的意思,孔融却又推荐了他的朋友祢衡去。于是曹操派人去叫祢衡。见面之后,曹操没有让祢衡坐下,祢衡感觉到受轻慢了,于是仰天叹了一声:"天地这么大,可是却没有一个像模像样的人!"曹操听了,很不高兴,说:"我手下文人武士上百人,都称得上是当今英雄,你怎么可以这么说?"祢衡说:"那你说几个来我听听。"曹操就说:"你看我的文士如荀彧、荀攸、郭嘉、程昱,这些人个个都很有谋略,即使像萧何、陈平这样的人都赶不上。而武将如张辽、许褚、李典、乐进,一个个都勇猛异常,即使岑彭、马武都不是对手。至于像我的文职人员吕虔、满宠,我军队的开路先锋于禁、徐晃各有所长。可以说个个都是人才!"祢衡很轻蔑地笑了笑说:"你说得太没有道理了! 这些人我都认得,哪能算什么英雄? 荀彧,只能是哪家有丧事、疾病,可以派他去问候一下;荀攸,顶多只能用来看坟守墓;程昱只能用来闭门关窗;郭嘉,只能用来读读词、念念文章;张辽,只能用来敲鼓;许褚只能用来放牛;乐进,只能用来念文书;李典只能用来送书信;吕虔只能用来磨刀锻剑;满宠只可以用来陪客人喝酒;于禁只可以做个泥水匠;徐晃只可以做个屠夫;其余的都是饭桶、酒徒、肉袋!"曹操生气到了极点,问:"你有什么能耐?"祢衡回答:"天文地理,什么都晓得;三教九流,哪样都知道;就才能方面说,可以辅助皇帝成为尧、舜一样的贤能君主,而品德方面,可以和孔子、颜回相提并论。你说的这些凡夫俗子根本不值得一提!"当时张辽在旁边,握剑想杀祢衡,曹操制止住了,说:"我正差一个敲鼓的人,你可以担任这个职务。"祢衡也不推辞,答应完就出去了。张辽问曹操:"这家伙说话这么傲慢,为什么不杀他?"曹操说:"这个人平常有点名气。我要杀了他,天下的人都会认为我没有肚量。他自以为有本事,我故意让他做个敲鼓的小官羞辱他。"

第二天,曹操召集部下文武官员喝酒,命令鼓吏敲鼓助兴。祢衡穿着旧衣服,拿起鼓槌敲起鼓来。音节奇妙,极其凄婉,席上的人听了,都受到了感动,有的甚至流泪了。按照惯例,新鼓吏要换新衣服,所以曹操问祢衡:"为什么不换衣服!"祢衡于是放下鼓槌,当着众人的面脱下旧衣服,赤身裸体地站在中间,全身都暴露出来。席上的人,都不好意思,纷纷用衣服遮着脸。过了一阵，祢衡才慢慢穿起裤子，一点害臊的意思都没有。曹操吼道："大堂上面，为什么这么不讲礼貌？"祢衡回答："欺凌君主、欺负百姓才是无礼。我不过显露父母给我的形体，以显示我身体的清白，怎么说是无礼？"曹操说："你清白，那谁肮脏？"祢衡说："你不能识别好坏，所以眼睛肮脏；不读诗书，所以嘴肮脏；不听忠信的言语，所以耳朵肮脏；不融通古今，所以躯干肮脏；嫉妒诸侯，所以腹内肮脏；总想着篡逆，所以心里肮脏！我是当今有名的文人，你却用作鼓吏，简直像阳货不懂得尊重孔子一样！想成就大业，哪有这样轻视人才的？"

当时孔融也在席间，恐怕曹操杀祢衡，马上替祢衡求情，曹操忍着没有再发火，对祢衡说："我要你到荆州去劝说刘表来投降，如果成功我可以封你做公卿。"祢衡本来不想去，不过曹操叫准备三匹马，另外派两个人押着他去。曹操知道祢衡要从东门路过，暗中叫手下文武将士在东门大摆酒席，同时吩咐："祢衡过来，大家只管喝酒，一定不要理睬他。"祢衡过来，下马向大家打招呼，果然大家只顾喝酒吃菜，好像全然没看见他一样。祢衡突然放声大哭起来。荀彧故意奚落他："老兄为什么哭啊？你看大家多高兴！"这正合祢衡的心意，他说："我走在一堆棺木中间，看见一堆堆朽骨怎么能不哭呢？"其他人都说："我们是死人，你就是个无头鬼！"祢衡说："我是汉朝大臣，不是曹贼的奸党，怎么可能没有头呢？"那些武将忍不住，想要杀他。荀彧急忙制止，说："哎，不要动这种鼠雀一样的人，不要把刀弄脏了！"祢衡说："我虽然是鼠雀，还有人性；你们这些只能算是蛆虫！"曹操的文武将士，不再有什么话说。

祢衡裸衣骂曹操

祢衡到了荆州，见过刘表，开始还相处得很好，但很快祢衡的老毛病又犯了。每次跟刘表说话，表面上是表扬，实际却是讥讽。刘表终于不再喜欢他，于是派他去江夏见黄祖。部下有的人问刘表："祢衡多次羞辱你，为什么不杀掉他？"刘表说："祢衡羞辱曹操也不是一两次，曹操不杀，就是怕人家说他，所以才送到我这里来，想借我的手把他杀了，让我背个嫉妒贤能的恶名。我派他去见黄祖，也让曹操知道我还是有点见识的。"众人都很佩服刘表。

没过多久有人来报告，说黄祖杀了祢衡，刘表问是什么原因，来人说：因为一次黄祖和祢衡一起喝酒，两人都醉了。黄祖醉醺醺地问祢衡在许都都有些什么朋友，祢衡说，只有两个朋友，那就是大儿子孔融，小儿子杨修。除此之外，基本不和其他人来往。黄祖问祢衡怎么评价他，没想到祢衡说黄祖像庙中的菩萨，虽有人经常祭祀，实际上没有什么灵验，从来不能给人带来什么福分！当时黄祖刚刚打了败仗，以为受了莫大的侮辱就把祢衡杀了。祢衡一直到死都还骂不绝口。刘表听说祢衡死了，暗自得意。这消息传到曹操那里，曹操也拍手称快。

且说皇帝的舅舅董承因为曹操骄横放纵，全不把皇帝放在眼里，而又想不到什么办法，一生气得了重病。皇帝知道后，派太医吉平前去给他治病。吉平很细心，用药也很认真，董承的病很快就好了。病虽然好了，可是董承经常长吁短叹,不见他高兴起来,吉平也不敢多问。元宵节晚上,吉平给董承调完药后准备离开,董承却留下他来喝酒。喝到夜深,董承困了,靠在椅子上睡着了。梦里,忽然有人来报告,王子服等四个人过来看他,董承把他们接进屋。王子服很高兴地对董承说:"大事办妥了!"董承要他说得详细一点。王子服说:"刘表和袁绍,起兵五十万,共分十路向曹操杀来。马腾和韩遂,起西凉大军七十二万,从北向曹操杀来。曹操尽起许昌兵马,分头迎战,城中没有军马。这个时候如果聚集五家家奴,至少也有千多人。趁曹操也在聚会,庆祝元宵,将他围住,突然杀入,一定可以成功地杀掉曹操!"董承高兴万分,马上带领家奴,约好其他四家家奴在门前会合,同时进攻。深夜的时候,果然大家都到了。董承率先攻入,他手提宝剑,进入曹操的大堂,见曹操正在喝酒,于是大叫一声:"操贼哪里跑!"一剑杀去,曹操随即而倒。突然醒来,才知做了梦,口中还在不停地骂"操贼"。

当时吉平向前扶住董承,问:"你想杀曹操吗?"董承害怕,不敢回答。吉平说:"你不要怕。我虽然只是个医生,但从来没有忘记我是汉朝臣子。这些天见你总是叹气,不敢问你。刚才你梦中已经吐露了真言,不用瞒我。如果能用得上我,虽然诛灭九族,我也不怕的!"董承既感动,又怀疑,说:"只怕你不是真心的!"吉平当时就咬下一节手指发誓,并宽慰董承说:"你不用担忧。操贼的性命,迟早要丢在我手中。"董承问他有什么办法。吉平说:"曹操经常头疼,发作的时候痛入骨髓;每次刚一发作,就立即叫我去。下次叫我,只需用一副毒药,他就死定了,不用费一刀一兵。"董承很高兴,去后堂取酒,还想跟吉平再喝一次,出去却撞上自己的家奴秦庆童和自己的小妾云英在暗处调情。董承一时醋意大发,叫左右武士捉下,想杀掉这两个人。夫人苦苦相劝,董承才免他们不死,两个各打四十大板,然后将秦庆童关进冷房。秦庆童为此记恨,当夜扭断铁索,跳墙逃跑,直奔曹操府中,将董承和吉平商量的事全告诉了曹操。

第二天,曹操诈称头痛,召唤吉平去调药。吉平心中暗想:"这贼活该死!"暗藏一包毒药带了过去。曹操躺在床上,叫吉平下药。吉平说:"不用怕,这病吃一服药就好了。"曹操命人取来药罐,要马上煎药。药煎到半干的时候,吉平悄悄放下毒药,亲自送过去。曹操知道有毒,故意拖延不吃。吉平催促说:"这药宜趁热喝下。"曹操坐起说:"你也是个读书人,想必一定知道这样的道理:皇帝有病吃药,臣子应当先替他尝;如果父亲有病吃药,做儿子的应该替他先尝。你是我的心腹,为什么不替我先尝,然后再端上来?"吉平回答:"药是用来治病的,哪能用好人去尝?"吉平知道事情已经泄露,跨步向前,扯住曹操的耳朵想灌他,被曹操推开,把药泼了满地,地下的砖当即迸裂。

曹操左右的武士很快将吉平拿下。曹操说:"我哪有病啊,只不过想试探一下你而已!没想到你真有害我的想法!"于是叫人把吉平带到后园拷问。曹操坐在亭子上,问吉平:"你只是个医生,哪想到害我?想来一定有人指使你。你说出来,我就饶了你。"吉平大骂:"你想篡夺汉室江山,天下的人都想杀你,哪止我一个人!"曹操问了几次,吉平就是不说,曹操很生气,于是命令武士使劲打。打了两个时辰,皮开肉裂,血流满地。曹操怕打死,不能对证,于是命令先关起来。

　　第二天曹操设宴,请朝中所有大臣来喝酒,只有董承托病不来。王子服等人怕引起曹操怀疑,只好硬着头皮过来。喝了很久,曹操说:"席间没有什么可以玩的,我有一个人,可为大家醒酒。"于是叫人把吉平拖到台阶下。曹操说:"大家肯定不知道,这个人勾结了几个人,想背叛朝廷,要来谋害我;不过他做事不密,败露了,大家听听他怎么招供吧。"曹操命人先打一顿,昏厥过去,然后以水冲醒。吉平苏醒,依旧大骂不止。曹操问:"同谋,最初是六个,加上你一共是七个吧?"吉平只是大骂,不答话。王子服等四个人,面面相觑,早已吓得面如土色。曹操叫一面打,一面用水冲。吉平一点也不屈服。曹操见他不招,叫人先牵出去。

　　喝完酒,曹操让其他人都走了,只留下王子服等四人。这四个人早已吓得全身发软。曹操说:"本来时间不早了,不想留大家,不过有点事想问问大家。不知道你们四个人和董承商议过什么事?"王子服一口否认:"我们从来没有商议过什么事情啊。"曹操叫唤出秦庆童,然后问王子服说:"你们商量的时候是不是见过这个人啊?"王子服说:"这个人与董承的小妾通奸,受到打骂才诬蔑主人的,不可听他的。"曹操又问:"那吉平下毒,如果不是董承指使又会是谁?"王子服等都说不知道。曹操看问不出什么来,叫左右把四个人也关了起来。

第二天，曹操带着一帮人来董承家探病。董承只好出来迎接。曹操问："怎么昨夜不来一起喝酒？"董承说："病还没全好，所以不敢出去。"曹操说："这病是为国家担忧才生的吧。"董承吓得不敢说话。曹操又问："你知道吉平的事不？"董承说："不知道。"曹操冷冷一笑，说："你怎么会不知道？"曹操叫人把吉平牵过来，吉平依旧大骂。曹操指着吉平对董承说："这个人伙同王子服等人来害我，我已经捉了几个。还有一个人，还没有捉住。"曹操问吉平："说啊，谁叫你来下毒害我的？！"吉平不招，曹操大怒，叫继续打，吉平身上已经打得稀烂。董承看着，心如刀割。曹操又问吉平："你原来有十个手指的，怎么只剩九个了呢？"吉平回答说："当初发誓杀贼的时候被我咬下了！"曹操叫人取来刀，又砍去了其余九个手指，说："全都砍下，你可以更好地发誓了！"吉平还不示弱，说："我还有口可以吞贼，有舌可以骂贼！"曹操于是命令左右要割他的舌。吉平说："先等等。我今熬不过，只好招供。可不可以先把我松绑了？"曹操命令解去吉平身上的绳子。吉平起身向董承拜了三拜，说："我不能为国家除贼，这是命中注定的！"说完，撞墙死了。

曹操见吉平死了，叫左右把秦庆童牵过来。曹操故意问董承："你认得这个人不？"董承一见秦庆童，气不打一处出，大吼："这个奴才，敢逃出去背叛主人，我杀了你！"曹操让人把秦庆童拦在一边，对董承说："他告你谋反，我特地来对证，谁敢杀他？"董承还想辩解："丞相怎么会听信一个仆人的一面之词？"曹操终于忍不住生气起来，大吼："王子服等人已经被我拿下，他们都已经招供了，你还有什么可以抵赖的？"说完叫左右拿下，然后命人进董承家里去搜，果然搜出了董承与王子服等人密谋害他的信。曹操有了证据，于是马上派人把董承家属、亲戚不分老小全部捉来杀掉了。朝中的人，对曹操没有不害怕的。

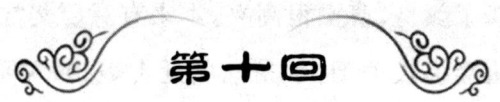

第十回
袁本初败兵折将
关云长挂印封金

　　曹操带大军攻打徐州,刘备的队伍抵挡不住,四散逃跑;刘备和关羽被冲散,关羽最后带着刘备的两位夫人投降了曹操,而刘备则投靠了袁绍。曹操带着关羽和袁绍在河北大战,关羽把袁绍的大将颜良杀了,袁绍很生气,回到帐下想杀刘备。不过刘备并不知道关羽在曹操那里,于是向袁绍辩解,说:"你也只是听到别人这么说,未必就是关羽干的;我和关羽自徐州失散后,关羽的去向我至今不清楚;天下相貌相同的人不少,长着红色脸庞、长胡须的,未必就是关羽。"袁绍本来就是个没有主见的人,听刘备这么一说,反倒把劝他杀刘备的部下责备了一番。重新请刘备坐定后,商议给颜良报仇。文丑站起来说:"颜良和我就像亲兄弟一样,现在被曹贼杀了,我一定要为他报仇,让我去杀曹操。"袁绍于是答应给文丑十万大军,去与曹操厮杀。刘备站起来向袁绍请战:"承蒙你收留我,这么久我还没有立过一点功,让我与文丑一起去:一来让我立功报答你,二来可以去打探一下关羽的消息。"袁绍觉得刘备说得很恳切,就答应让文丑领七万军马作为先锋,刘备带领三万军马在后面压阵。

关羽斩了颜良，曹操很高兴，本来有意要奖赏他，同时也想借这个机会提拔关羽，于是向朝廷上表，封关羽为汉寿亭侯，铸了块大印送给关羽。刚刚修整几天，忽然有人来向曹操报告，袁绍的大将文丑已经渡过黄河，占据了延津一带。曹操命人先把当地居民迁徙到西河，然后亲自领兵准备迎战文丑。曹操传下将令：让原来的后续部队变成先锋，原来的先锋现在置后压阵；粮草先行，队伍在后。吕虔不知道为什么要这样安排，来问曹操："粮草在先，队伍在后，这是为什么？以前可从来没有这样过。"曹操说："粮草在后，容易被抢劫，所以让它在队伍之前。"吕虔马上问："假如遇到敌军抢去，怎么办？"曹操说："那就到时候再说吧。"吕虔不好多问，继续行军。曹军的粮食辎重到达延津，曹操在后军，听到先行部队有些骚乱，忙派人去探看究竟，回来的人对曹操说：袁绍大将文丑领兵赶到，先行队伍都丢弃粮草，四处逃走。问曹操该怎么办，曹操用马鞭指着南边的小山坡，叫就地休息。于是曹军人马全都奔向小山坡。曹操命令将士都解开衣服、卸下铠甲休息，把战马也都放了。文丑的军队很快赶到。曹操的大将都说："敌人到了！应该马上追回战马！"荀攸忙着制止说："这正可以作为诱饵，不用追回。"曹操看着荀攸会心而笑。果然文丑的军队抢得粮草辎重后，又来抢战马，整个秩序一下乱了。这时候曹操命令全部将士一齐冲下去厮杀，文丑的军队乱成一团，根本招架不了。曹兵把文丑的人马围在中间，文丑挺身过来独战，无奈太乱，只得拨马往回跑。曹操在山坡上看得真切，指着文丑说："文丑是河北有名的大将,谁敢去捉他?"张辽、徐晃一起飞出,大喊:"文丑哪里跑!"
文丑眼见二人追赶过来,按住铁枪,取出弓,搭上箭,直射张
辽。徐晃大喊:"注意,贼将放箭!"张辽刚一低头,一箭射中
头盔,簪缨被射掉了。张辽大怒,奋力再来追赶,坐下战马,
又被文丑一箭射中面上。那马跪倒在地,把张辽摔了下来。
文丑回马来杀张辽,徐晃抢起大斧,拦住厮杀。正杀得难分
难解,曹操大军掩杀过来,文丑估计敌不过,拨马沿河逃走。

正逃得慌乱,抬头远远看见关羽提刀飞马,率十余骑人
马,冲了过来。文丑与关羽战不到三回合,心里害怕,拨马绕
河而逃。关羽的赤兔马跑得快,赶上文丑,脑后一刀,将文丑
砍下马来。曹操在坡上,看见关羽砍了文丑,指挥其他将领
继续冲杀。河北军大半落水,曹操的粮草马匹很快被夺回。

关羽带领人马东冲西杀。正杀得起劲,刘备带领三万大
军随后杀来。前面哨马打探完,向刘备汇报:"这次又是那个
红面庞、长胡须的人杀了文丑。"刘备慌忙飞马来看,隔河看
见一簇人马,往来如飞,旗上写着"汉寿亭侯关羽"七字。刘
备暗自高兴。正想去与关羽打招呼,曹操大军赶到,刘备估
计敌不过,收兵回去了。

袁绍在官渡接住刘备,安营扎寨,安顿完毕,郭图、审配
来见袁绍,说:"今天又是关羽杀了文丑,刘备一定又会佯装
不知。"袁绍大怒。一会儿,刘备进来,袁绍命令推出去斩了。
刘备吃了一惊,问:"我有什么罪?"袁绍说:"你故意让你弟弟
又杀我一员大将,还不是罪?"刘备说:"你再听我一句话:曹
操一向恨我,他明明知道我现在在你这里,他怕我帮你,所以

故意让关羽杀了你的两员大将。这样你一定会发怒，然后借你的手杀我。你想想是不是这样。"袁绍听了，觉得刘备说得很有道理，反而把郭图、审配又训斥了一番。刘备谢过之后，说："你收留我这么久以来，我一直没有立下什么功劳。现在，我想派一心腹，给关羽送封信去，他知道我的消息后，一定连夜来投奔。这样，有他辅助你，一同诛杀曹操，这样也可以为颜良、文丑报仇，你看怎样？"袁绍很高兴，说："我如果得关羽，胜过颜良、文丑十倍。"刘备当即写了封信，派人送过去。

当天曹操命令夏侯惇领兵守住官渡隘口，自己班师回到许都，款待众官，庆贺关羽立下的大功。大家正喝得兴奋，忽然有人来报："汝南黄巾贼刘辟、龚都，非常猖獗。曹洪累战不能取胜，特求派兵支援。"关羽听说，当即请战，愿意率军前去杀贼。曹操见关羽这么主动，很高兴，却故意说："你刚刚建立大功，还没有奖赏你，不能让你太疲惫。"关羽说："我要是长期闲着，早晚会生病的。"曹操最终答应了，点兵五万，派于禁、乐进为副将，第二天就出发。荀彧悄悄向曹操说："关羽对刘备一直死心塌地，如果他知道刘备的消息，一定会去投奔他的，不应该让他频繁出征。"曹操说："这次让他出征，回来以后就不再叫他出去。"

关羽领兵到汝南，安营扎寨，安顿完毕。晚上在营外抓住了两个奸细。押过来，关羽一看，其中一个认得，是孙乾。关羽让左右人退下后，单独问孙乾："徐州溃散之后，我和大家都失去了联系，你怎么在这里？"孙乾说："我也是一直在逃跑,幸亏得刘辟收留。你怎么反在曹操部下?"关羽于是把自己的事情细说一遍,孙乾说:"最近听说刘备将军在袁绍那里,我准备去投靠他,只是不方便。现在刘、龚二人都归顺了袁绍,一同攻打曹操。刘辟特令我扮为细作,来给你信。改天刘、龚二人来和你交战,会故意虚败一阵,你装成追杀的样子,带着二夫人投靠袁绍处,与刘将军相会。"关羽说:"既然我哥哥在袁绍处,我一定去与哥哥相会,虽万死不辞。我很快回许昌,与曹操告辞,便来。"当晚关羽密送孙乾走了。第二天,关羽带兵出击,龚都披挂出阵。关羽大骂:"你们为什么背叛朝廷?"龚都说:"你也是个背叛主人的人,有什么理由责备我?"关羽问:"我怎么背叛主人了?"龚都说:"刘备在袁绍那里,你却投靠曹操,这不是背主是什么?"关羽也不再答话,拍马舞刀杀向龚都。龚都杀了几个回合勒马便跑,关羽追上。龚都转身告诉关羽说:"刘备日夜想念你。快点去与他会合吧,我把汝南让给你。"关羽会意,带军掩杀过去。刘辟、龚都二人装着大败,四处逃跑。关羽占领了汝南,安定好百姓,带领军队回许昌。曹操远远地出来迎接,犒赏军队,大大地奖赏关羽。晚上关羽回到家,想着去见刘备,又想着如何跟曹操告别,急得坐立不安。

且说于禁探听到刘备在河北袁绍那里,回来报告给曹操。曹操命令张辽来试探关羽的意思。关羽正在闷坐,张辽进来向关羽祝贺,说:"听说你在阵上打听到刘备的消息,特来贺喜。"关羽说:"虽然知道主人的下落,然而没有能够见面,有什么值得祝贺的!"张辽说:"老兄与刘备的交往,与我和你的交情相比,哪个深啊?"关羽说:"我与你,不过是朋友;而我与刘备,是朋友又是兄弟,是兄弟又是主臣,这两种关系哪能相提并论?"张辽说:"刘备在河北袁绍那里,你想去与他会合吗?"关羽说:"我过去和他发过誓的,哪敢食言! 你应该替我向丞相转达我的意思啊。"张辽回来将关羽的话如实向曹操禀报了,曹操说:"我自有办法留住他。"

关羽正在想脱身的办法,忽然卫士来报,说有故人来探看。关羽请进来,却不认识。关羽问是哪儿人,对方说他是袁绍部下陈震。关羽连忙屏退左右,问:"你来,一定有信吧?"陈震拿出一封信,递给关羽。关羽一看,原来是刘备写来的。关羽看完信,激动得流泪了。陈震说:"刘玄德将军一直盼着和你早日相见,请速安排。"关羽说:"我先写封信给你,你回去转告我哥哥。等我和曹操告别,然后带着二位嫂子随后就来。"陈震问:"假如曹操不答应,怎么办?"关羽说:"我宁可死,也不会在这里多留!"陈震拿着信回去了。

关羽把刘备的消息告诉刘备的两位妻子后,马上去相府,准备向曹操告别。曹操知道他的来意,提前在门上挂起回避牌。关羽很失望地折回来。第二天又去,门上仍然挂着回避牌。关羽一连去了几天,都见不着曹操。不得已,来到张辽家探看,准备向张辽说这事。可是张辽也托病不出。关羽猜到是曹操不想他离去,才故意这样安排。当即给曹操写了封告别的信,派人送到曹操那里;然后将曹操多次赏给的金银,全部上交给府库,把汉寿亭侯印挂在堂上,扶刘备的两位夫人上车,准备离开。关羽骑上赤兔马,手提青龙刀,率领以前跟随的士兵,护送车仗,直接出北门。门卫拦住,关羽怒目横刀,大吼一声,所有门卫都退在一边。出门后,关羽对随从说:"你们护送车仗先走,如有追赶的,我在后面对付,你们不要吓着二位夫人。"于是,大家扶着车投奔袁绍去了。

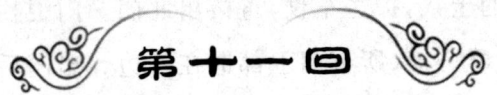

第十一回
美髯公千里走单骑
汉寿侯五关斩六将

　　曹操接到关羽的书信，知道关羽已经出发。蔡阳主动要求去追杀关羽，被曹操喝退。程昱接着站起来建议："关羽此行一定是去投靠袁绍，这对我们极为不利。不如趁他还没有走太远，追杀了，以防止他将来反助袁绍杀我们。"曹操还是不答应，说："我以前答应过他，哪能失信呢！既然他这样忠诚于他的主人，让他去好了，大家不要再提追杀的事情。我想他离开还不算太久，我一会儿送他点东西，做个人情。"当即叫张辽先去留住关羽，随后他就赶到。张辽领命，单骑先去追关羽。曹操带领几十骑随后而来。

　　关羽骑的是赤兔马，可以一天飞奔千多里，本来是没有人可以追上的；因为护送着刘备两位夫人的车仗，不敢放开马跑，只能慢慢前进。关羽正走着，忽然听到背后有人大叫："老兄请等等！"回头一看，见张辽一个人骑马奔来。关羽叫车仗从人只管继续前进，自己勒住赤兔马，握住青龙刀，问张辽："你是来追我回去的吧？"张辽说："当然不是。丞相知道你要走，想来送你，特地叫我先来留住你一会，绝对没有其他的意思。"关羽说："如果丞相带着大军来，我将和他决一死战!"说完站在桥头等着,只见曹操带着几十人骑马飞奔过来,背后有许褚、徐晃、于禁、李典等。曹操走近,看见关羽横刀立马站在桥上,命令其他将领勒住马匹,左右排开。关羽见大家都没有带兵器,稍稍放松一点。曹操上前关切地问关羽为什么走得这么匆忙。关羽在马上回答说:"我以前的主人在河北,所以过去会合。前几天去向你告别,一直没有见着。只能给你写信告辞,至于以前你送的银两,以及大印,全都归还丞相。希望丞相不要忘记你过去说的话。"曹操说:"我要取信天下人,哪敢忘记你我以前说的。这次怕你路上没有充足的费用,特地给你再送点过来。"说话间,一位将领从马上托过一盘黄金送上。关羽说:"你以前已经给我送得够多了,现在还有剩余的。这些黄金你留着奖赏将士吧。"曹操劝道:"你以前立下了那么多的功劳,我一直没能好好感谢你,这么一点心意,请不要推辞。"关羽只是推辞不受,曹操笑了笑说:"你真是天下难得的重情重义的好汉,我恨自己福分浅薄,不能留住你。另外送你锦袍一件,略表心意,请一定收下。"一员将领下马,双手捧袍送过来。关羽怕其中有诈,不敢下马,用青龙刀尖挑起锦袍披在身上,勒马回头向曹操称谢,然后下桥朝北飞奔而去。许褚在曹操身边说:"这个人这么无礼,为什么不把他拿下?"曹操说:"他一人一骑,我们几十个人,他哪能不怀疑?"曹操带领众将回城,暗自惋惜不已。

关羽辞别曹操,来赶车仗。走了三十里路,就是找不到,关羽着急,纵马四下寻找。忽然,山头跑下一个人,大叫:"关将军等一等!"关羽抬头一看,只见一个年轻人,穿着黄巾锦衣，持枪跨马，马项下挂着一颗人头，带着百多人马，飞奔过来。关羽问："你是什么人？"只见这年轻人放下手中枪、跳下马，拜倒在地。云长怕是使诈，勒马持刀问："请问壮士，叫什么名字？"对方回答："我是襄阳人，叫廖化。因为世道混乱，流落江湖，聚集了五百多人，靠劫掠为生。恰才同伴杜远下山打探，误将两位夫人劫持上山。一问从者，才知道是大汉刘皇叔的夫人，知道是你护送路过，我当即准备送下山来。杜远出言阻拦，被我杀了。特地赶来把他的头献给你，向你请罪。"关羽马上问："两位夫人在哪儿？"廖化说："现在在山中。"关羽叫马上送下来。不久，果然百多人簇拥着车仗下来。关羽下马停刀，在车前问候刘备的两位夫人，两位夫人都说："如果不是廖将军保护，我们早已被杜远羞辱。"关羽问左右："廖化是怎么救的两位夫人？"左右说："杜远劫持两位夫人上山后，就要与廖化各分一人为妻。廖化问起，知道是刘皇叔的夫人，好生敬佩，可是杜远不从，就被廖化杀了。"关羽听了，拜谢过廖化。廖化要用部下的人护送关羽。关羽寻思他终是黄巾余党，不可做伴，婉言谢绝了。廖化又送来金帛，关羽也不接受。廖化只好辞别，带着人马回山上去了。

　　天晚，关羽一队人马，到一村庄安歇。庄主出来迎接，须发都白了，问关羽的姓名，关羽施礼后，回答："我是刘备的弟弟关羽。"老人问："莫非就是斩颜良、文丑的关羽？"关羽回答："正是。"老人很高兴，马上叫人准备酒食。安顿之后，关羽问老人姓名，老人说他叫胡华。桓帝时曾做过议郎，退休后回到家乡。还说有个小儿子叫胡班，在荥阳太守王植部下做小官,要关羽经过的时候,给他带封信去,关羽答应。第二天吃过早饭,关羽请两位嫂子上车,取过胡华的书信,告别之后,奔洛阳而去。

走了几个时辰,来到东岭关。把关的将领叫孔秀,带领五百士兵在岭上把守。关羽押着车仗上岭,早有士兵报知孔秀,孔秀出关来迎。关羽下马,主动向孔秀打招呼。孔秀说:"关将军要到哪儿去?"关羽回答:"向丞相告辞后,准备去河北找我哥哥。"孔秀问:"河北袁绍,正是丞相的对头。将军这次去那边,一定有丞相发给的通行证吧?"关羽说:"因走得匆忙,没来得及向他要。"孔秀说:"既然没有通行证,那得等我派人向丞相问过后,才可以放行。"关羽说:"等你的人马回来,那一定会耽误我的行程。"孔秀说:"就是这么规定的,我也没有办法。"关羽有些生气,问:"你是不让我过去了?"孔秀说:"要过去也可以,不过得留下其他人马作为人质。"关羽大怒,举刀就杀孔秀。孔秀退入关去,敲鼓召集士兵,然后披挂上马,杀下关来,大声问:"你还敢过去么?"关羽让车仗暂时后退一下,纵马提刀,也不答话,直取孔秀。孔秀挺枪来迎。两马交战,只一个回合,钢刀起处,孔秀尸横马下。其他的士兵一哄而散。关羽说:"其他的人不要跑,我杀孔秀,也是不得已,与你们没有关系。请你们转告曹丞相,就说是孔秀要害我,我才杀他。"其他人齐刷刷地跪倒在马前。

说完,关羽马上请两位夫人的车仗出关,朝洛阳方向继续前进。早有士兵向洛阳太守韩福报告。韩福忙着聚集将领商议。部下将领孟坦说:"既然没有丞相发给的通行证,那就是私行；如果不阻挡，一定有罪。"韩福表示担心，说："关羽勇猛，颜良、文丑都被他杀了。我看不能和他正面交锋，最好想个办法擒他。"孟坦说："我有个办法：先用鹿角拦住关口，等他来的时候，我带兵和他交锋，装败引诱他来追，然后你用暗箭杀他。如果关某中箭坠马，这样可以擒住，押往许都，一定会得到重赏。"刚商议完毕，有人报告关羽护着车仗到了。韩福弯弓插箭，带一千人马，排列在关口前，问："什么人？"关羽在马上回答："我是汉寿亭侯关羽，希望借一下路，放我们过去。"韩福问："有曹丞相发的通行证吗？"关羽："事情太多，忘记向他要了。"韩福说："我是奉丞相的命令，镇守这个地方，专一盘查往来的奸细。如果没有通行证，那就算是逃窜。"关羽发怒道："东岭孔秀，已经被我杀掉。你也想和他一样的下场啊？"韩福转身问："谁去擒他？"孟坦出马，抡双刀来杀关羽。关羽略退车仗，拍马来战。孟坦战不到三个回合，拨回马便跑。关公哪里肯放过他，拍马来赶。孟坦心里只指望引诱关羽，没想到关羽马快，很快赶上，关羽只一刀，将孟坦砍为两段。关羽勒马回来，韩福闪在关口，用尽全身力气放了一箭，正好射中关羽左臂。关羽用口拔出箭，血流不止，飞马直奔韩福，韩福来不及逃，关羽赶上，手起刀落，带头连肩，斩于马下。

关公回来，割了布条，包住箭伤，又怕有人来暗算，不敢久留，连夜朝汜水关赶来。把关将领叫卞喜，善使一对流星锤，原是黄巾余党，后来投降曹操，派来守关。听说关羽将到，当时就想了一计：在关前的镇国寺中，埋伏下刀斧手二百人,引诱关羽到寺,约定以击盏为号,将关羽杀掉。安排好后,出关来迎接关羽。关羽见卞喜主动出来迎接,马上下马相见。卞喜说:"关将军名震天下,谁不敬仰! 现在千里投奔刘皇叔,更见忠义啊!"关羽相见后,把斩孔秀、韩福等事给卞喜细细说了,卞喜听了,说:"将军杀得有道理。我将来见了丞相,一定代你向他禀明具体原因。"关羽见卞喜这么说,很高兴,一起上马过了汜水关,到镇国寺前下马。寺里的和尚都出来迎接。这镇国寺有三十多个和尚,其中一个,正是关羽的同乡,法名普净。普净已提前知道了卞喜的用意,主动向前问关羽:"将军离开蒲东几年了?"关羽说:"差不多二十年了。"普净又问:"你还认得我么?"关羽说:"离开家乡太久,我已经记不得了。"普净说:"我家与将军家只隔一条河。"卞喜在一旁见普净和关羽叙起乡亲感情,唯恐走漏了消息,所以呵斥:"我请关将军一起吃饭,和尚不得多事!"关羽说:"说哪里话。乡亲相见,叙叙旧情是很正常的事情嘛。"普净只好退出去,出去的时候用手指着自己所佩的戒刀,看着关羽示意。关羽明白了,命令左右持刀紧随着自己。

卞喜和关羽喝完茶,便请到法堂筵席吃饭。关羽问:"你请我吃饭,是好意,还是歹意?"卞喜没有回答,关羽看见后面屏风中有刀斧手在闪动,大喝卞喜:"我还把你当好人,居然敢这样!"卞喜知道事情败露,大喊左右下手。左右正要动手,早被关羽拔剑砍倒。卞喜跑下堂,绕廊逃走,关羽扔了剑,取过大刀追来。卞喜在前面悄悄取出飞锤掷打关羽。关羽用刀隔开流星锤,冲过去,一刀劈卞喜为两段。然后跑回去看两位嫂嫂，早有士兵围住，看见关公来，四下逃走。关公赶散其他人，来感谢普净，说："如不是你，我已经被这个贼害了。"

关羽谢过，护送车仗，朝着荥阳继续前进。荥阳太守王植，与韩福原来是亲家。听说关羽杀了韩福，商议要杀关羽，好为韩福报仇。关羽赶到，王植出关，笑着来迎接。王植把关羽迎进关后，说："关将军一路奔走，两位夫人在车上也很疲惫，先进城，在馆驿中休息一夜，明天再慢慢上路。"关羽见王植这么殷勤，于是答应了。安顿好后，王植派人送饭菜到旅馆。关羽和二位嫂子用饭后，到正房休息；命令随从者也各自安歇。王植待关羽吃饭后，悄悄安排胡班："关羽背叛丞相逃跑，一路上杀太守以及守关将领，拿住该判死罪！不过这个人勇猛得很。你今晚带一千人马围住馆驿，一人一个火把，到三更，一齐放火；不管是谁，要全部烧死！我随后带领军马来接应。"胡班领命，点好士兵，悄悄将干柴引火等物，搬到馆驿门口。夜深，胡班暗想："我早就听说过关羽的名字，只是不知道长什么样子，让我悄悄地看一眼。"于是到馆驿，问守门的人："关将军在哪儿？"守门的告诉他关羽在正厅上看书。胡班悄悄走到厅前，看见关羽左手轻轻握着长长的胡须，正在灯下靠着桌子看书。胡班看了，忍不住称叹："真是神仙！"关羽问是什么人，胡班只好进去答应："荥阳太守下属胡班。"关羽问："你就是许都城外胡华的儿子？"胡班回答就是，关羽忙叫随从者从行李包中取来书信交给他。胡班看完，叹了声："我险些杀了好人啊！"然后悄悄把王植的阴谋全都告诉了关羽。关羽吃惊不小，马上披挂提刀上马，请两位嫂子上车，马上跑出旅馆，果然看见一群士兵握着火把听候命令。关羽来到城边，城门正好开着，关羽催促车仗慌忙出城。胡班等关羽出去了，才命令士兵放火。关羽走不到一里，背后火把照耀，一队人马赶来。王植大喊："关某哪里跑！"关羽勒住马，大骂："匹夫！我与你无冤无仇，为什么派人放火烧我？"王植不说话，拍马挺枪来杀关羽，被关羽拦腰一刀，砍为两段。其余人马都逃散。关羽催车仗快行，对胡班万分感谢。

关羽来到滑州界面，早有人报与太守刘延。刘延带领几十骑，出郭迎接。关羽在马上向刘延打招呼："太守一向还好吧！"刘延问："你准备往哪儿去？"关羽说："我告辞了曹丞相，准备去寻找我哥哥刘备。"刘延说："刘备在袁绍那里，而袁绍是丞相仇人，丞相怎么能让你去？"关羽说："我和丞相很久以前就说好的。"刘延说："黄河渡口关隘，是夏侯惇的部将秦琪把守，我担心他不让你过去。"关羽说："请太守帮我弄几只船只，怎么样？"刘延说："船只是有，只是不敢给你。"关羽说："我以前杀颜良、文丑，曾经解救过你。为什么向你借几只船都不能答应？"刘延说："担心夏侯惇知道，一定会向我问罪的。"关羽看刘延是帮不上忙了，于是，护着车仗继续前进。来到黄河渡口，秦琪带兵拦住，问有丞相的通行证没有，关羽说："我不受丞相管辖，哪有他发的通行证！"秦琪说："我奉夏侯惇将军命令，把守关隘，你今天就是插上翅膀，也飞不过去!"关羽大怒,问:"你知道一路上阻拦我的人都是什么下场?"秦琪说:"你只能杀那些无名小将,敢杀我?"关羽问:"你自认为比颜良、文丑强?"秦琪大怒,纵马提刀,直奔关羽。只战一个回合,关羽刀起,秦琪人头落地。关羽说:"阻拦我的人已经被我杀掉,其余的人不必害怕。快点给我准备船只,送我过河。"其他士兵果然慌忙过来撑船,渡过关羽等人。渡过黄河,就到了袁绍的地盘。关羽在马上叹了声气,说:"我本来不想沿途杀人,无奈,被逼这样啊。曹公知道后,肯定认为我是个忘恩负义的人!"

关羽一路上经过五处关隘,斩将六人。

关羽斩王植

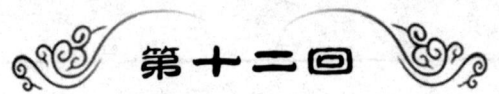

第十二回

战官渡本初败绩
劫乌巢孟德烧粮

袁绍发兵进攻官渡，夏侯惇告急。曹操点军七万，前往官渡，与袁绍会战，只留荀彧守许都。袁绍带大军来到阳武，安营扎寨完毕，谋士沮授进帐说："我们虽然人数众多，但是士兵勇猛不及曹军；曹军虽然精干，但是粮草不如我们。曹操没有粮食，一定想寻找机会和我们迅速决战；我们有充足的粮食，最好坚守。只要我们能拖延足够的时间，那么曹操必然不战自败。"袁绍大怒："我要的是快速取胜，哪求什么坚守？你敢慢我军心，等我取胜回来再杀你！"叫左右把沮授关押起来。

曹操派探子出去探听虚实，回来详细报告了袁绍的情况，曹军上下都有些害怕。曹操召集所有的谋士商议。荀攸说："袁绍军队虽然多，但一点也不值得害怕。我们的军队精锐能干，可以以一当十，但是需要尽快跟他们决战。如果拖延下去，粮草很快用完，事情就难办了。"曹操说："你说的正是我所考虑的。"于是传令军队跟袁绍作战。袁绍领兵来迎战，两边排成阵势。审配派弩手一万，埋伏在两边；派弓箭手五千，埋伏在门旗内；约定炮响后一齐发箭。袁绍穿戴金盔金甲，锦袍玉带，立马站在阵前。左右依次排列着张郃、高览、韩猛、淳于琼等将领。旌旗节钺，非常整齐。曹操出马，许褚、张辽、徐晃、李典等将，各持兵器，前后拥卫着。曹操用马鞭指着袁绍问："我在皇帝面前，保你为大将军，你为什么还要谋反？"袁绍大骂："你名义上是汉朝丞相，实际是汉贼！罪恶滔天，比王莽、董卓还要过分，反而来诬蔑别人造反！"曹操说："我今天是奉诏来讨伐你！"袁绍说："我也是奉皇帝密诏讨贼！"曹操大怒，派张辽出战，袁绍大将张郃跃马来迎战。二人大战了四五十回合，不分胜负。曹操又叫许褚去助战，高览挺枪来接住。四员将领杀得难解难分。曹操命令夏侯惇、曹洪，各引三千军，向对方掩杀过去。审配见曹军冲过来，马上放起号炮，两边弓弩手一起放箭，中军内弓箭手也一齐拥出，一阵乱射。曹军抵敌不住，往南撤走。袁绍指挥军队掩杀，曹军大败，一直退到官渡边上。袁绍大军赶到，命令逼近官渡安营扎寨。审配献计说："我军可以派十万人马守住官渡，在曹操寨前筑起土山，然后士兵居高临下，凭借地势往下放箭。曹操如果逃走，那么我军就得这个隘口，这样许昌很快可以被我们攻破。"袁绍觉得这个办法很好，马上从各寨中挑选出一批精壮士兵，带着铁锹土担，到曹操寨边，垒土筑山。曹军见袁军在堆筑土山，几次出来冲杀，都被审配派弓弩手挡住咽喉要路，射了回去。只用十天，袁军就筑成土山五十余座，上面再搭上架子，派了一大批弓弩手上去不停射箭。曹军死伤很多，只能顶着盾牌被动防守。每次土山上一声梆子响，箭就像下雨一样射向曹军，曹军只好又全都跪在地上举着盾牌躲避，袁军在上面，大喊嘲笑。

　　曹操见战况不利，召集谋士商量。刘晔说："可以造发石车来反击他。"曹操于是派刘晔去指挥，连夜造几百辆发石车，分布在营墙内，正对着土山上的云梯。等弓箭手来射箭时，曹军一齐摇动石车，炮石飞天，往上乱打。袁军无处躲藏，弓箭手死伤很多，从此袁军不敢射箭。审配又向袁绍献上一计：派人用铁锹悄悄打地道，一直打到曹营里面，然后派大军突然进攻，来个偷袭。曹兵远远看见袁军在山后挖土坑，报知曹操。曹操又来问刘晔该怎么办。刘晔说："这是袁绍不能明攻而暗攻，肯定是在挖地道，想从地下突然袭击我军。我们可以在军营周围挖深水沟蓄满水，他如果挖空了，我们随便找个地方引水灌下去，可以让他们白费功夫。"曹操果然连夜派人去挖水沟。袁军挖的地道才靠近水沟就不断有水渗进去，果然不能再挖，白费一番人力。

　　曹操驻军官渡，从八月初开始，到九月末，因为时间太久，将士逐渐有些疲劳，粮草也慢慢跟不上。曹操想放弃官渡，退回许昌，有些犹豫不决，写了封信，派人送到许昌去问荀彧。荀彧给曹操回了封信，鼓励曹操坚守下去，等待时机，完全可以一举消灭袁绍。曹操得到信很高兴，传令将士死守下去。

　　却说袁绍突然把军队向后撤退了三十多里，曹操派将领出去巡逻。徐晃的部将史涣捉得袁绍的一个探子，押来见徐晃。徐晃审问后知道袁绍的大将韩猛运送粮草将到官渡来接济，先派出这个探子来探路，徐晃把这件事报告给曹操。

荀攸献计说:"韩猛虽然勇猛,但是缺乏计谋。如果派一位将领带领轻骑数千人,到半路袭击他,切断他的粮草,袁绍军队必然大乱。"曹操问派谁去比较恰当,荀攸推荐徐晃。曹操于是派徐晃带史涣及其部队先出发,然后派张辽、许褚带兵接应。当晚韩猛押着几千辆粮车,准备到官渡。正走着,山谷里徐晃、史涣拦住去路。韩猛拍马来战,徐晃接住厮杀。史涣趁机带兵杀散押粮士兵,放火焚烧粮车。韩猛抵挡不住,拨马逃走。徐晃也不追赶,带兵把粮草辎重全部烧光。袁绍在军营里,远远望见西北方起火,正不知道是什么事情,韩猛的逃兵来报告粮草被劫!袁绍马上派张郃、高览去救援,路上正好遇到徐晃烧粮回来,正想和徐晃厮杀,背后张辽、许褚带军赶到。两头夹攻,杀得袁军四处逃窜,曹操的四位将领会合,大杀一番,领兵回官渡寨中。曹操大喜,重加奖赏。

韩猛逃回军营,袁绍极其生气,想斩韩猛,其他将领苦苦哀求才获免。审配说:"大军在外,尤其应该注意保护粮食,我们的粮食主要囤积在乌巢,应该派重兵把守。"袁绍不耐烦,说:"我已经安排好了。你先回邺城继续督运粮草,不要让这边缺吃的。"于是审配立刻回邺城。袁绍派大将淳于琼,带部将眭元进、韩莒子、吕威璜、赵睿等,领二万人马,去守乌巢。淳于琼性子刚烈,尤其爱喝酒,部下都很怕他;淳于琼到乌巢后,整天只管和部下将领喝酒。

曹操的军粮很快吃完,马上派人到许昌让荀彧抓紧送粮草过来,要求连夜送往乌巢。送信的人,走不上三十里,被袁绍的军队捉住,捉来见谋士许攸。许攸本来是曹操的朋友,不过这个时候在袁绍这里做谋士。当时许攸搜得曹操催粮的书信,直接来见袁绍,说:"曹操的军队驻扎官渡,与我们对峙已经很久,许昌一定没有多少人马;如果派一支人马晚上去袭击许昌,许昌是很容易被攻下的,曹操的后方被攻,官渡这边失去支援,那么我们很快就可以擒住曹操。现在曹操没有粮草,正可趁这个机会,分两路进攻他。"袁绍说:"曹操这个人诡计很多,这封信一定是故意引诱我们的。"许攸继续劝袁绍说:"如果现在不抓住这个机会,等他缓过来,我们肯定会反受他进攻。"两人正在说话,忽然有人从邺城来,送上审配的信。信中正好说到许攸的侄儿在冀州,乱收民间财物,现在已经将他侄儿的钱粮全部充军,并将他侄儿关押起来。袁绍看到信,大怒:"你这个老匹夫!还好意思在我面前出谋划策!你和曹操暗中有来往,肯定是接受他的贿赂,故意让我上钩吃亏!等我杀完曹操,再来杀你!马上滚出去,以后不许再来见我!"许攸出来,仰天长叹:"这样的人,哪里值得我为他谋划!我的侄儿已经遭到审配谋害,我哪还有什么面目回去见他们啊!"拔出长剑想要自杀。左右的人,夺下宝剑,劝他:"你怎么可以这么轻易就死去呢?袁绍不肯听你的,迟早要被曹操捉住。你既然与曹操有交情,为什么不去投靠他?"于是许攸决定投奔曹操。

许攸悄悄离开袁绍的兵营,直奔曹寨,被路上的曹军士兵拿住。许攸说:"我是曹丞相的老朋友,快点通报,就说南阳许攸过来见他。"当时曹操正在睡觉,听说许攸来,非常高兴,来不及穿鞋,光着脚出来迎接,远远见着许攸,拍手大笑,出来握住许攸的手,一起进帐,曹操先拜倒在地,许攸慌忙扶起曹操,说:"你是丞相,我不过是个平民百姓,不可以这样!"曹操说:"你我是老朋友,哪去管爵位的高低!"许攸说:"我过去不够谨慎,没能选择一个英明的主人,跟了袁绍。他从不听部下的建议,我觉得没有希望,所以今天特意来投奔你啊。"曹操笑着说:"你来,我的事情就好办了!你这次来一定会教我打败袁绍的办法吧?"许攸说:"我曾经叫袁绍派轻骑乘虚袭击许都,趁你去救许都,再从背后杀来,让你首尾不能相顾。"曹操大吃一惊,说:"如果袁绍用你这个办法,我输定了。"许攸问:"你的军粮还有多少?"曹操很平静地说:"还可以支持一年吧。"许攸笑着说:"恐怕不是吧。"曹操说:"至少支持半年没问题。"许攸一拍袖子,起身要离开,很生气地说:"我以诚相投,没想到你这么不坦诚,我还指望什么!"曹操急忙拉住许攸说:"你千万不要生气,那我实话告诉你吧:我的粮食实际还可以支持三个月。"许攸笑着说:"人家都说你曹操是个奸雄,果然是这样。"曹操也笑了,说:"你难道没听说过军事上是不排斥用虚假的计策迷惑别人的吗?"于是靠近许攸的耳朵边说:"我的军队实际只有这个月的粮食了。"许攸大声说:"你不要再瞒我!你已经没有粮食了!"曹操很惊讶,问:"你怎么知道的?"许攸于是拿出曹操写给荀彧的信给他看。曹操问:"你从哪儿得到的?"许攸于是将前后的经过说给曹操听了,曹操握着许攸的手说:"你刚从袁绍那边过来,一定了解他的情况,给我想想办法,看我该怎么对付他。"许攸很自信地说:"我有一个办法,不过三天,可以让袁绍的百万军队,在你面前大败而逃。"曹操急忙问是什么办法。许攸说:"袁绍的军粮辎重,全都囤积在乌巢,虽然派大将淳于琼把守,不过淳于琼好喝酒,一定没有什么防备。你可以挑选一支精兵,谎称是袁绍的将领蒋奇领兵去乌巢护粮,到那里把他的粮草辎重全部烧掉,袁绍大军不到三天必然大乱。"曹操听了很高兴,重赏许攸。第二天,曹操亲自挑选了五千人马,准备到乌巢去烧粮食。张辽说:"袁绍屯放粮食的地方,怎么可能没有防备?我看不要轻率出动,万一许攸使诈,那就危险了。"曹操说:"我们的军粮已经没有了,难以长期坚持;如果不用许攸的办法,我们大约也只能等死。如果使诈,他怎么可能继续留在我们这里?我已经打定主意。"张辽说:"那我们得防备袁绍乘虚来偷袭官渡本营。"曹操笑着说:"你放心吧,这些我都想到了。"于是传令荀攸、贾诩、曹洪同许攸把守大寨,命夏侯惇、夏侯渊带领一支人马埋伏在左边,曹仁、孙典带领一支人马埋伏在右边,命张辽、许褚带兵做先锋,徐晃、于禁带兵押后,曹操带领其他将领在中间,一共五千人马,打着袁绍军队的旗号,黄昏出发,直奔乌巢。

且说沮授被袁绍关押在军队里,当晚因为夜色很好,于是求看守的人让自己到院子里去走走。忽然看见太白星逆向运行,侵犯到天牛和北斗星的界面,当即大叫:"我们的军队将遭受大祸啊!"连夜要求见袁绍。当时袁绍已经睡下,听说沮授有要事汇报,便叫了进去。沮授说:"我刚才观看天象,见太白星逆行进入牛、斗之间,我担心有贼兵来偷袭。我们的粮草全都囤积在乌巢,应该加强防守。最好是派精兵猛将,不间断地在路上巡逻,免得被曹操暗算。"袁绍听了大吼:"你是个有罪的人,还敢胡言乱语,扰乱我军心!"袁绍问看守的人:"我叫你把他关起来,你怎么把他放出来!"于是把看守的人杀了,另外叫人看守沮授。沮授没有办法,只好出去,很伤心地叹息:"我们的军队很快就要灭亡,我的尸体也不知要落到哪儿!"

曹操带兵连夜前行,一路经过袁绍的兵营,守寨的士兵问是哪儿的人马。都说是蒋奇带领的人马到乌巢去护粮,又看是袁绍自家的旗号,也就不怀疑。一连几处,都是这样,没有碰上什么阻碍。到了乌巢,天还没有亮。曹操命所有士兵点上火,一起杀入。当时淳于琼和其他将领喝完酒,在帐中睡着了,突然听到吆喝声,连忙爬起来,叫左右出去细看。话还没有说完,早被曹军用挠钩拖翻。睦元进、赵睿从外面运粮回来,见军营里起火,马上来救援。有军士来报曹操,说贼兵从后面杀来,请求带一部分人马回头迎击,曹操命令所有将士只管向前,于是所有曹军只管向前掩杀。一时间,火焰四起,喊声震天。睦元进、赵睿二将驱兵杀近,曹操勒马回头来迎战。二人抵挡不住,都被曹操杀了,粮草被全部烧掉。淳丁琼被捉,曹操命令割掉他的耳朵鼻子手指,然后绑在马上放回去。

袁绍在帐中,听将士报告正北方火光冲天,知道是乌巢出了问题,马上召集文武官员,商议派兵救援。张郃主动请战,愿意与高览前去救援。郭图说:"不可以。曹操劫粮,他本人一定亲自带兵过去;曹操既然亲自出动,寨中必然空虚,可以先派大军袭击曹操军营；曹操听说，必然马上回来救援：这正是孙膑围魏救赵的办法。"张郃说："不对。曹操很有谋略，外出前必然对内有很好的安排，以防不测。如果这个时候偷袭曹操兵营，一旦不成功，那么我们全都会被捉。"郭图反对道："曹操只顾劫粮，哪还会留兵在自己军营里！"一再请求偷袭曹营。袁绍于是派张郃、高览带领五千人马，到官渡袭击曹操兵营；派蒋奇领兵一万，去救乌巢。

曹操杀散淳于琼的部队后，夺了他们的衣服铠甲旗帜，全都换上，装成是淳于琼的部下，带领军队回寨，到小路上，正好碰上蒋奇的人马。蒋奇派人来问，曹军只称是乌巢吃了败战逃回来的，蒋奇没有怀疑，赶马直奔乌巢去。没有防备，张辽、许褚忽然赶到，大吼："蒋奇哪里跑！"蒋奇一点准备都没有，被张辽斩于马下。曹操带兵掩杀，几乎把蒋奇的人马全部杀死。曹操又马上派人向袁绍汇报："蒋奇已经把乌巢的曹兵杀完了"。袁绍于是不派人接应乌巢，只管派兵往官渡。

那张郃、高览带兵去攻打曹营，才进寨，左边夏侯惇、右边曹仁，中路曹洪，一齐冲杀出来：三边一起攻击，袁军又大败。袁绍接应的军队刚刚赶到，曹操又从背后杀来，曹军将袁军围住一番掩杀。张郃、高览杀出条血路逃脱了。

天亮时，袁绍收拾军队，见淳于琼耳朵鼻子都没有了，手指足指也全部被砍掉。袁绍问逃回的士兵是怎么丢掉乌巢的，都说是淳于琼喝酒醉倒，来不及抵敌，袁绍生气，把淳于琼杀了。郭图怕张郃、高览回寨对证是非，那么自己献计失误,将被袁绍怪罪,所以趁他们还没回来,在袁绍面前说:"张郃、高览这次见你大军失败,心中一定很高兴。"袁绍说:"为什么这么说?"郭图说:"这两个人一直想投降曹操,所以这次袭击曹营,一定不肯用力,才导致损兵折将。"袁绍果然生气,马上派人去叫二人回来,准备问罪。郭图又先派人对张郃、高览说:"袁绍想杀你们。"等袁绍派来的人一到,高览问:"叫我们回去有什么事?"来人回答说不知道。高览于是拔剑把袁绍派来的人杀了。张郃很惊讶。高览说:"袁绍听信小人的话,一定会被曹操捉住;我们为什么要等死?不如去投靠曹操。"张郃说:"我也正有这个想法。"于是张郃、高览率领本部兵马,直奔曹操寨中来投降。曹操很高兴,封张郃为偏将军、都亭侯,高览为偏将军、东莱侯。

袁绍先失去了许攸,后又失去了张郃、高览,又损失了乌巢的军粮,军心涣散。许攸又劝曹操派大军向袁绍发动进攻;张郃、高览愿意为先锋,曹操答应,随即命令张郃、高览领兵攻打袁绍的主营。当夜三更,曹操出兵三路与袁绍大战,混战到天亮,各自收兵,袁绍军损失大半。

荀攸又向曹操献计:"现在我们可以扬言调拨人马,一路经酸枣,要去攻打邺城;一路要去攻打黎阳,截断袁绍的退路。这样袁绍听说后,必然慌乱,分兵抵抗;我军可以乘其起兵的时候发动进攻,袁绍必败。"曹操采纳这个办法,让士兵四处扬言。袁绍听说之后,马上命令袁谭分兵五万去救邺城,辛明分兵五万去救黎阳,连夜出发。曹操探听到袁绍在调动军队,于是调遣部队,分八路杀出,直冲袁绍兵营。袁军本来已经涣散，没有什么斗志，见曹军杀来四散奔跑。袁绍来不及穿铠甲，披了件单衣匆忙上马；小儿子袁尚跟随。张辽、许褚、徐晃、于禁四将，带兵猛追袁绍。袁绍慌忙渡河，把随行的图书信件车仗金帛全都扔了，只带随从八百多人逃走。曹操追不上，把袁绍丢的东西全都占为己有。这一战杀死袁军八万多人，还有落水淹死的不计其数。曹操大获全胜，将所得金宝缎匹，全部赏给将士。有人捡到一打书信，全是曹操部下和袁绍往来的，上交给曹操。曹操左右有人说："逐一查对姓名，然后把这些人捉住全杀了。"曹操说："最初袁绍势力强大，连我都难以自保，何况他人？困难时候想个退路很正常！"一封没看，命令人全都烧掉了，也不再过问。

袁绍的很多将领都逃走了，沮授因为被关押起来，跑不脱，被曹军抓住，押来见曹操。曹操因为以前和沮授认识。沮授见了曹操，大吼："我不投降！"曹操说："袁绍没有什么谋略，不能采纳你的意见，可是你为什么还想着他呢？我如果早点得到你，我早就胜利了。"命人厚待沮授。沮授趁曹操不注意，偷了匹马，还准备去找袁绍。曹操很生气，于是杀了沮授。沮授临死时，一点都不害怕。曹操感叹："我又杀了一位忠诚的勇士啊！"

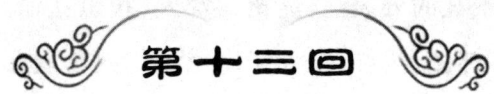

第十三回
曹操仓亭破本初
刘备荆州依刘表

袁绍官渡大败后，曹操整顿军马，乘胜追击，一直追到黎阳。黎阳是袁绍的地盘，袁绍的大将蒋义渠把守在这里，所以袁绍一到，蒋义渠就把他迎进了城去，袁绍也趁机休整一下。袁绍在黎阳歇了几天，召集余部，决定回到老巢冀州去，休整好了再来和曹操决战。

袁绍回到冀州，想到官渡一战，损失平生大半兵马，心烦意乱，无心去理政事。他的妻子刘氏劝他趁这个时候确立他的接班人。原来袁绍一共三个儿子：长子袁谭，现在出守青州；二儿子袁熙，现在出守幽州；三儿子袁尚，是袁绍后妻刘氏所生，长相不凡，袁绍很喜欢他，因此一直留在身边。官渡之战兵败后，刘氏一直劝立袁尚为袁绍的接班人，袁绍于是召集审配、逢纪、辛评、郭图四个人商议。不过审配、逢纪两人，一直是袁尚的下属；辛评、郭图二人，则一直是袁谭的下属，四个人当然是各为其主。袁绍对四个人说："现在外面的战争没能够平息，内部的事情最好早一点定下来，我想考虑确立接班人的事情，我一共三个儿子：长子袁谭，为人性格刚强，好杀成性；二儿子袁熙，性格柔弱，我怀疑难成大事；三儿子袁尚,有不凡的外表,又能招纳贤人,我想立他。看你们意见怎么样?"郭图说:"三个儿子中,袁谭为长,现在出守外地;如果现在废长子而立小儿子,恐怕这正是内乱的开始。这次和曹军交战,刚刚失败,而敌兵又穷追不舍,哪可以在这个时候让父子兄弟来自相添乱?我认为应该花心思来考虑如何对付敌人。至于确立接班人的事情,以后再说。"袁绍一时也犹豫不定。正在这个时候忽然有军士来报:袁熙带六万兵马,从幽州赶来;袁谭带五万兵马,从青州赶来;外甥高干带五万兵马,从并州赶来,他们都是来冀州助战,准备和曹操决战。袁绍心情暂时好了一点,接班人的事情暂时搁下,先整顿各路人马来迎战曹操。

曹操带领大军赶到冀州,安顿完毕,有探子来报袁绍聚四州之兵,共二三十万,到仓亭扎寨。曹操领兵来到仓亭下寨。第二天,两军对峙,曹操带领主要将领出阵,袁绍带领三子一甥及文官武将来到阵前。曹操对袁绍说:"你兵穷将寡,无路可走了,为什么还不投降?非得等到刀架在脖子上,恐怕后悔也来不及!"袁绍大怒,不回答曹操,回头问自己的将领:"谁敢出马?"袁尚想在自己父亲面前显示本事,提了双刀,飞马出阵,往来奔驰。曹操问自己的将领对方出阵奔驰的是什么人,有认识的说是袁绍的三儿子袁尚。徐晃的部将史涣听完挺枪来战袁尚。战不上三个回合,袁尚拨马就跑,史涣追赶,袁尚拈弓搭箭,翻身反射,一箭射中史涣的左眼,坠马而死。袁绍见儿子得胜,马鞭一指,大队人马杀过来,双方混战一场,各自鸣金收军,回寨。

晚上，曹操与将领商议计策。程昱献"十面埋伏"的办法，劝曹操把军队撤退到河上，埋伏十路队伍，引诱袁绍追到河上，我方军队没有退路，只能死战。曹操采纳，左右各分五队。左边五队分别是：一队夏侯惇，二队张辽，三队李典，四队乐进，五队夏侯渊；右边五队分别是：一队曹洪，二队张郃，三队徐晃，四队于禁，五队高览。中间许褚为先锋。第二天，十队先去埋伏。到半夜，曹操命令许褚带兵前去，装着进攻的样子。袁绍寨中人马，全部出动。许褚大战几个回合，装着抵挡不住的样子，勒马逃走，袁绍带军赶来；等到天亮，追赶到河上。许褚带领的军队没有了去路，曹操大喊："前面没有退路，如不死战，只有被擒。"所有士兵转身，奋力向前。许褚飞马在先，一连杀死十多员将领。袁军反而大乱，袁绍命令大军马上退回，还没来得及转身，背后曹军赶来。一声鼓响，左边夏侯渊，右边高览，两军冲出，一阵追杀。袁绍带领三子一甥，拼死杀出条血路，逃跑。跑不到十里，正想喘气，左边乐进，右边于禁杀出，又是一阵冲杀，袁军溃散得厉害。又跑不到几里，左边李典，右边徐晃，一起冲出截杀一阵。袁绍父子早已吓破胆，逃回旧寨，人困马乏，急忙命令队伍做饭，正要吃，左边张辽，右边张郃，直奔大寨。袁绍慌忙上马，带领余部人马逃往仓亭。跑了几十里，已经饿得很厉害，不得不停下歇息，后面曹操大军又赶来，袁绍只好接着再逃。正在毫无准备的时候，右边曹洪，左边夏侯惇，冲出来，挡住去路。袁绍回头大喊："如不决一死战，一定会被捉的！"又一番冲杀，袁绍好不容易冲出重围。袁熙、高干都被射伤。袁绍军队几乎被消灭。袁绍抱着三个儿子痛哭一场，昏倒在地，众人急忙救醒，袁绍口吐鲜血，感叹自己一生经历大小战役几十场，没想到今天败得如此惨！痛哭之后，命辛评、郭图随袁谭前往青州整顿余部，防止曹操攻打城池；命令袁熙仍回幽州，高干仍回并州，各去收拾人马，以备调用。袁绍带领袁尚回冀州养病，命袁尚与审配、逢纪暂管军队。

曹操仓亭大胜后，重赏将士，接着派人到冀州探听虚实。探子回来报告：袁绍病倒在床。袁尚、审配紧守城池不敢出来。袁谭、袁熙、高干各回本州。曹操准备秋收之后再攻打冀州。正在商议，忽然接到荀彧的来信，说刘备在汝南，得刘辟、龚都几万人马。趁攻打袁绍，命令刘辟守汝南，刘备亲自领兵攻打许昌。曹操听说后大吃一惊，急忙留曹洪把守河上，自己领大军到汝南来攻打刘备。

刘备与关羽、张飞、赵云等，带兵奔向许都。到穰山地面，正遇曹兵杀来，刘备急忙命队伍在穰山下寨，军分三路：关羽屯兵在东南角上，张飞屯兵在西南角上，刘备与赵云在正南立寨。曹操大兵赶到，刘备已经布成阵势。曹操用马鞭指着刘备大骂："我待你为上等宾客，你为什么忘恩负义？"刘备回击："你名义上是汉相，实际是国贼！我是汉室宗亲，奉皇帝密诏，来讨反贼！"曹操大怒，命许褚出战。刘备背后赵云挺枪出马。二员大将大战三十回合，不分胜负。忽然，东南角上喊声大震，关羽冲杀过来；西南角上，张飞也带军冲杀过来。三支队伍一齐掩杀，曹军长途奔波，本来疲困，不能抵挡，大败，刘备得胜回营。

第二天,刘备叫赵云来挑战。曹操坚守不出战。刘备又派张飞来挑战,曹操还是不出战,刘备开始怀疑。忽然有军士向刘备报告,龚都运粮快要赶到,被曹军围住。刘备马上命令张飞去援救。忽然又有军士来报告,夏侯惇带军包抄背后,直取汝南,刘备吃惊不小:前后受敌,将没有退路。马上派关羽去援救汝南。第二天军士来报,夏侯惇已攻破汝南,刘辟弃城逃跑,关羽被夏侯惇围住。刘备暗自叫苦。又有军士来报,张飞去救龚都,也被围住了。刘备想马上撤兵,又怕曹操从后面追杀。忽然又有军士来报,寨外许褚挑战,刘备不敢出战。天黑的时候,刘备让士兵吃饱,步军先撤,马军随后出发,趁着晚上逃走。刘备才离寨几里,刚转过山头,只见前面火把齐明,山头有人大喊:"不要让刘备跑了!"刘备急得不知道往哪儿跑。赵云在前面说:"不要慌乱,紧跟我就是。"赵云挺枪跃马,杀开条血路,刘备握双股剑紧紧跟在后面。正跑着,许褚赶上,与赵云大战。背后于禁、李典也杀到。刘备不敢交战,独自一人往深山僻路逃走了。

天亮时,刘备正在逃跑,前面一彪军冲过来,刘备几乎绝望,仔细一看,原来是刘辟带领千多残余人马,护送着刘备家小。刘备和刘辟慌忙上路,接着逃跑,又走几里,前面杀出一彪人马。领头的是张郃,大叫:"刘备快下马投降!"刘备勒转马头正要回撤,只见山头上红旗闪动,一彪人马从上而下杀奔下来,为首的大将是高览。刘备两头被堵住,仰天长叹:"刘备今天只有一死!"说完拔剑要自杀,刘辟在旁边,夺下宝剑,说:"不要害怕,让我来开路。"说完,便来和高览交战,战不到三个回合，被高览一刀砍于马下。刘备着急，拍马过来准备亲自来战，高览背后忽然大乱，一员将领冲下来，只见才一举枪，高览翻身落马。刘备一看，原来是赵云杀过来。刘备绝处逢生。赵云纵马挺枪，杀散高览的人马，又来杀张郃。张郃与赵云大战三十多回合，渐渐抵挡不住，拨马败走。赵云乘势冲杀，却被张郃的士兵守住山隘，路窄过不去。赵云正想冲杀，云长带领三百士兵杀到。两头追杀，这才杀退张郃。刘备忙令关羽去找张飞。原来张飞去救龚都，龚都被夏侯渊杀了；张飞奋力杀退夏侯渊，却被乐进赶来围住。关羽路上碰上张飞部下败回的士兵，沿路追过去，杀退乐进，救出张飞。刘备收拾残余，不到一千人马，一直逃到汉江，不见曹操追来，才敢安营扎寨，准备做饭，暂时休整。

刘备召集关羽、张飞商议，不知道逃往什么地方，部下孙乾说："这里距离荆州不远。刺史刘表统领九郡，兵强粮足，也是汉室宗亲，可以去投靠他。"刘备怕刘表不愿收留。孙乾说愿意到荆州游说刘表。刘备于是命令孙乾连夜赶往荆州。

孙乾到荆州入见刘表，问候完毕，刘表问孙乾："你一直跟随刘备，今天怎么到荆州来？"孙乾说："刘备是当今天下少有的英雄，虽然军队不多、将领也很少，但是胸有大志，想要匡扶汉室。汝南刘辟、龚都和他本来没有任何关系，但是愿意舍弃自己的性命报答他。你与刘备都是汉室皇帝后代，刘备今天和曹操交战，小有失败，想到江东投靠孙权。我向他建议：不可背离亲人而投靠疏远的人。而你一向接纳天下贤士，天下人都非常称道你，何况你们同为宗室？因此刘备特派我先来拜见你。相信你一定能帮助危难中的刘使君。"刘表当即表示:"刘备是我兄弟。我一直想见他,只是没有机会。今天愿意投奔我这里,我实在是幸运得很!"当时蔡瑁在旁,说:"我认为不可以收留刘备。刘备最初跟从吕布,后来又到曹操那里,前段时间又投靠袁绍,都是有始无终,可见其为人并不好。如果接纳他,曹操必然会怪罪我们,对我们不利。我看不如杀了孙乾,送给曹操,曹操还会奖赏我们。"孙乾严厉地说:"我孙乾并不是怕死的人。刘备忠心为国家,绝不是曹操、袁绍、吕布等人可以比的。之前之所以投靠他们,那是万不得已。现在听说刘表将军是汉朝皇室后代,是同宗关系,才千里投奔。你为什么这么嫉妒贤能而如此狠毒?"刘表听孙乾这一说,于是斥退蔡瑁,说:"我已经下定主意,你不用多说。"蔡瑁很惭愧地出去,刘表于是命令孙乾先回去报告刘备,然后亲自出城三十里来迎接。所以走投无路的刘备暂时投靠在荆州刘表这里。

却说袁尚自从斩史涣之后,自认为勇敢,不等袁谭等人的兵马赶到,自己带领几万人马赶来黎阳,与曹操大战,正好碰上张辽的人马,袁尚挺枪来战张辽,不到三个回合,招架不住,大败逃走。张辽率军追杀,袁尚顾不得其他人马,单人跑回冀州,损失了几万军马。

袁绍听说袁尚败回,又吃了一惊,旧病复发,吐血不止,当场昏倒在地。刘夫人慌忙请医生救醒,虽然苏醒,从此只是越来越严重。刘夫人担心,忙请审配、逢纪到袁绍床前,商议后事。袁绍只能用手指画而已,已经不能说话。刘夫人问："袁尚可不可以做接班人？"袁绍微弱地点头。审配就在床前写了遗嘱。袁绍猛然翻身大叫一声，又吐了一阵血，倒地死了。

袁绍吐血身亡

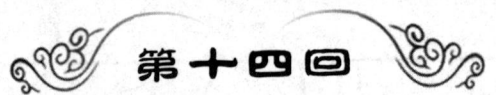

第十四回
蔡夫人隔屏听密语
刘皇叔跃马过檀溪

　　自从刘备到荆州依附刘表以来，刘表对刘备一直很好，经常宴请他。一天，两人正在喝酒，忽然有军士来向刘表报告，降将张武、陈孙在江夏抢掠百姓，又要准备造反。刘表很吃惊，说："二贼造反，为害很大啊！"刘备听了，说："哥哥不要担心，我率领将领很快将他们平息。"刘表很高兴，当即点兵三万，让刘备率领。刘备带兵出发，不到一天，来到江夏。张武、陈孙提前布好阵，准备迎战。刘备和关羽、张飞、赵云一齐出马，刘备远远看见张武骑的马，极其雄骏，心里喜欢，忍不住说了声："这一定是匹千里马。"话还没有说完，赵云挺枪而出，杀向张武。张武拍马来迎战，不到三个回合，被赵云一枪刺落下马，顺手扯住辔头，牵马回来。陈孙见了，拍马来追赵云。张飞大喊一声，挺矛杀出去，又将陈孙刺死。张武、陈孙的队伍四散逃跑。刘备招抚张、陈余党，很快平复了江夏十几个县，领兵回荆州。刘表听说刘备大胜而回，出城来迎接，然后设宴庆功，大奖刘备。刘表、刘备喝到夜深，刘表对刘备说："弟弟如此能干，荆州以后就全靠你了。只是荆州以南盗寇出没，张鲁、孙权现在势力很大，让我担忧啊。"刘备说:"我有三员将领,足可以抵挡这些人:可以派张飞镇守南越等地;派关羽看守子城,可以防住张鲁;派赵云出守三江,可以挡住孙权。这样还有什么可担忧的呢?"刘表听了很高兴,二人喝到夜深才散。

蔡瑁去见他妹妹、刘表的夫人,说:"刘备派自己的三员大将出守地方,而自己则坐镇荆州,我看这里面一定有阴谋。"蔡夫人也很担心,夜里对刘表说:"我听说荆州有很多人和刘备有交往,对刘备得提防一点。让他住城里,我看没什么好处,不如派他出守地方。"刘表说:"刘备是我弟弟,为人仁慈得很。"蔡夫人说:"只怕他和你不一样!"刘表沉默。第二天刘表出城,看见刘备骑的马高大威猛,心里很喜欢,一问知道是张武原来骑的。刘备看刘表喜欢,就将这匹马送给刘表了。刘表很高兴,也不推辞,骑着回城了。蒯越见了,问刘表马是哪儿来的,刘表说是刘备送的。蒯越说:"我哥哥蒯良,最善于识别马;我自己也略懂一点。这匹马眼睛下有泪槽,额边长有白色斑点,名字叫的卢,这种马专害主人。你看张武骑这匹马就被杀了,你不能骑它。"刘表害怕,第二天请刘备吃饭,席间说:"昨天你送给我的确实是匹好马,我也很喜欢,不过我留着派不上用场,你经常出征,我看你留着用更好,所以我送还给你吧。"刘备只好收下。刘表接着又说:"老弟长期住这里,没什么事情,恐怕对你的发展不利。襄阳下面有个小县叫新野,钱粮充足,想让你带本部人马到那里镇守,平常可以操练一下,你看怎么样?"刘备只好听命。第二天,告辞刘表,带领本部人马准备驻扎到新野。

刘备正要出城门，刘表的部下伊籍对刘备说："先生的马，不可骑。"刘备跳下马，细问。伊籍说："昨天刘表听蒯越说，这种马叫的卢，专害主人。所以才还给你的。"刘备说："非常感谢你的好意，不过我相信死生有命，哪是马能害得了的！"伊籍听了佩服他的心胸气度，心里对刘备很有好感。

刘备到新野，体贴百姓，大家对他也很爱戴。这年，甘夫人生下刘禅。临盆的晚上，有一只白鹤，飞来刘备的屋上，叫了几十声才飞走。刘禅刚生下地的时候，满屋子都香喷喷的。因为甘夫人曾经做梦，梦见自己仰吞北斗，后来便怀孕了，所以取刘禅的乳名为阿斗。这个时候曹操正带兵北征，刘备于是到荆州对刘表说："现在曹操带领全部兵马北征，许昌一定很空虚，如果派荆襄人马，趁机偷袭他，一定可以取得大胜。"刘表说："我稳稳当当地坐在这里，拥有九郡几十个县，这就够了，还奢求什么呢？"刘备只好不再说什么。刘表邀刘备到后堂喝酒。席间，刘表不断长叹，刘备问："老兄有什么事啊，一直叹气？"刘表说："我有心事，只是不好说啊。"刘备正要问，蔡夫人走出来，站在屏风后面，刘表不敢说话，刘备也不再问。喝了一阵，刘备回新野。

这年冬天，曹操出征大胜，从柳城回到许昌，刘备一直可惜刘表不听自己的话而错失良机。有一天，刘表派人到新野，请刘备到荆州去。刘备立即过去。刘表请刘备到后堂吃饭；席间刘表对刘备说："最近听说曹操带兵回许都，势力越来越强大，将来肯定会吞并荆襄等地。我后悔以前没有听你的话，失去一个大好的机会。"刘备安慰他说："现在国家分裂,战事不断,机会哪能说一下子就全没了? 以后只要随时留意,一定会有的。"刘表也觉得有理。两人喝酒,都到半醉的时候,刘表忽然大哭起来。刘备问什么原因。刘表说:"我有心事,以前也想对你说,只是不方便。"刘备说:"老兄有什么难以决断的事情? 如果需要我帮忙,你尽管开口就是。"刘表说:"我前妻陈氏所生的大儿子刘琦,虽然很有才干,可是性格柔弱,不能担当大事;后妻蔡氏所生的小儿子刘琮,很聪明,很果断。我想废长立幼,可是违背礼法;想立长子,但是蔡氏家族中,都手握大权,担心以后生乱,所以犹豫不决。"刘备说:"自古以来废长立幼,都会坏事的。如果仅仅是担忧蔡氏权重的话,可以慢慢削职,千万不可因为偏爱而立小儿子。"刘表一时沉默。

　　蔡夫人一直猜疑刘备,只要刘备和刘表谈话,一定会来偷听的。这次刘备二人说话的时候蔡夫人正在屏风后,听到这些话,心里恨之入骨。刘备也觉得自己说话过于直率,于是借故去厕所,不和刘表继续说这事。刘备在厕所看见自己大腿因为好久没有骑马打仗,都长了肥肉,想到自己事业又没有什么起色,忍不住流泪了。一会儿又回到席上,刘表见刘备有泪痕,问什么事。刘备说:"长期不活动,刚才去厕所都发现自己长肥肉了。时间过得这么快,都要老了,可是还没有建立什么功业,所以悲伤!"刘表说:"听说老弟在许昌,与曹操煮酒论英雄,老弟列举的当今名士,曹操不认为是英雄,而说天下英雄,只有你和他,以曹操这么大的权力,都不敢称比你强,哪用担心不能建立功业?"刘备一时有些酒醉,大意了一些,说:"我如有好的基业,就当今天下这些军阀,确实不在我的话下。"刘表听了,也没有再说什么。刘备说完才觉得自己说错话了,所以称自己醉了,回到馆驿休息去了。

刘表听刘备席间说的话,表面上什么也没说,心里还是觉得刘备确实不可小觑。送走了刘备,回到卧室,蔡夫人说:"刚才我在屏风后面全听到刘备说的话了,听他的语气很轻视你,我看他完全有吞并荆州的意思。如果不趁早杀掉他,以后肯定反被他杀。"刘表拿不定主意,只是摇头。蔡夫人悄悄召蔡瑁进去商议。蔡瑁说:"我先在旅馆把刘备杀了,然后再告诉大人,这样他也不好再说什么。"蔡夫人同意,于是蔡瑁出去,连夜点兵,准备杀刘备。

刘备回到馆驿正想睡觉,伊籍忽然推门进来。原来伊籍探知蔡瑁欲害玄德,所以深夜来报知。伊籍将蔡瑁阴谋报告刘备,要刘备马上动身离开。刘备说:"我还没有和刘表告辞,怎么可以这样就走?"伊籍说:"你如果要去和刘表告辞,一定会被蔡瑁杀害。"刘备没办法,谢过伊籍,急唤随从,一齐上马,不等天亮,连夜逃回新野。等蔡瑁领军赶到馆驿时,刘备已经去远。蔡瑁悔恨来得太晚,随手在壁间写了一首诗,然后来见刘表,说:"刘备有反叛的意思,写了首反诗在墙壁上,悄悄地跑了。"刘表不信,亲自来到馆驿,果然看到有一首诗。刘表看完诗很生气,拔出宝剑,说:"我一定要杀了这个无情无义的家伙!"走出去几步,猛然觉得不对,细想和刘备相处这么久,没有看见他写过诗,所以怀疑有人故意离间他们的关系,于是回到馆驿,用剑刮去了墙上的诗。蔡瑁来向刘表请示:"士兵已经带齐,现在就可到新野擒刘备。"刘表说:"不要轻率行动,让我再考虑一下。"蔡瑁见刘表迟疑不决,来跟蔡夫人商议:"再选个时间,在襄阳款待整个荆州的官员将士,在那里找个机会除掉刘备。"第二天蔡瑁就来向刘表请示,刘表说:"我近来身体不好,不能去。让我的两个儿子替我接待客人。"蔡瑁说:"两位公子年纪太小,在礼节上担心有什么失误。"刘表说:"可派人到新野让刘备替我待客。"蔡瑁暗中高兴,以为正中他的计谋,于是马上派人去请刘备到襄阳。

刘备匆匆从荆州逃回新野后,明白是自己说错话才险些被杀,不好意思对其他人说。荆州突然有人来请他去襄阳,心里暗自敲鼓。孙乾说:"你这次匆匆回来,样子看起来好像很不高兴。我猜你在荆州肯定有什么事情发生。现在又忽然请你去赴会,我看不能轻易过去。"刘备只好将前面的事情说与大家听了。关羽说:"可能是你自己多疑了。刘表未必有怪罪的意思。襄阳离这里不远,如果不去,他们反而会怀疑。"刘备同意关羽的看法,张飞说人家没安什么好心不去算了。最后赵云说他带步军三百人一起去,刘备觉得这个意见很好,于是让赵云去准备。

刘备当天和赵云就赶往襄阳。蔡瑁出来迎接,表面上很谦虚。随后,刘表的两个儿子刘琦、刘琮,带领一班文武官员出来迎接。刘备见刘琦、刘琮二人在,也就不怀疑。蔡瑁请刘备在馆驿暂时歇下。赵云带着三百士兵围绕保护,行坐不离左右。刘琦来告诉刘备说:"父亲气喘病发作,不能走动,特地请叔父代替照顾客人,安抚好各处镇守的官员。"刘备答应。

第二天,九郡四十二州的官员,全都到齐。蔡瑁和蒯越商议:"刘备一代枭雄,如果留在荆州,我们以后肯定会被他杀害,不如借今天这个机会把他杀了。"蒯越说:"小心刘表怪罪。"蔡瑁说:"正是他要我们这么做的。"蒯越说:"既然是这样,只要做好周密的安排就行了。"蔡瑁说:"东门岘山大路,已经派我弟弟蔡和带军把守;南门外已经派蔡中把守;北门外已经派蔡勋把守。只有西门不必把守,有檀溪阻隔,就是有几万兵马来帮忙,也过不了这一关。"蒯越说:"赵云行坐不离刘备,恐难下手。"蔡瑁说:"我带五百人马在城内埋伏,可以对付。"蒯越说:"不如让文聘、王威两人在外厅另设一席,专门请武将。这样引开赵云,然后可以寻机杀刘备。"蔡瑁同意。

当天杀牛宰马,大摆筵席。刘备骑着的卢马到来,蔡瑁命人牵入后园拴了。所有官员都到后堂聚会。刘备坐上席,刘琦、刘琮二人两边分坐,其余各自按次序落座。赵云带剑立在刘备旁边。文聘、王威进来请赵云到厅外与其他武将一起用餐。赵云推辞不去。刘备让赵云去,赵云才勉强出去。蔡瑁在外面安排得很周密,将赵云带来三百人马也都遣散回刘备住宿处,就等刘备喝得大醉,再下手。酒至三巡,伊籍起身向大家敬酒,来到刘备面前,用眼睛看着刘备,小声说:"请上厕所。"刘备会意,马上起身到厕所,伊籍敬完大家,马上到后园,正好碰上刘备,附在刘备耳边说:"蔡瑁设计害你,城外东、南、北三处，都有人马把守。只有西门可走，请马上逃走！"刘备大吃一惊，急忙解了的卢马，打开后园小门牵出，飞身上马，来不及召唤赵云及随从，独自朝西门逃跑了。门卫查问，刘备不答，打马而出。门卫阻拦不住，来报告蔡瑁。蔡瑁随即上马，带五百人马随后追赶。

玄德冲出西门，走过几里，被一条大溪拦住去路，这檀溪宽达几丈，波浪很大。刘备骑马来到溪边，看样子过不去，勒马回来，远远看见西门方向尘土大起，一路追兵赶来。刘备想："这次真是死定了！"于是调转马头重新回到溪边。再回头看时，追兵已经赶到。刘备着急，拍马下溪。才走几步，的卢马前半身直往下沉，刘备衣服浸湿，刘备在马上，用鞭子不断地抽打，暗自祈祷："的卢，的卢！今天可不能害我！"忽然，那的卢马从水中跳跃而起，一连三跳，飞上溪岸。刘备回头望东岸，只见蔡瑁已带兵赶到溪边，大喊："刘先生为什么突然逃席回去？"刘备问："我与你无冤无仇，为什么要害我？"蔡瑁故意装着说："我并没有这个意思啊。你一定误听别人的话了。"刘备看见蔡瑁部下正拈弓取箭，马上拍马朝西南方向跑了。蔡瑁对左右无奈地说："这真是有天神帮助！"

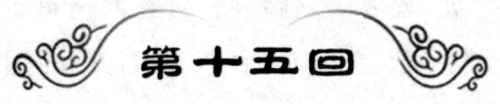

第十五回
刘玄德三顾茅庐
诸葛亮三分天下

　　刘备在荆州一直注意招揽人才，招揽到一个叫徐庶的人做了军师。

　　曹操派曹仁和李典到荆州来攻打刘备，刘备用徐庶的计策把二人打得大败。二人逃回许都，来见曹操，曹操很惊讶，问是谁在为刘备出谋划策，曹仁说是徐庶，曹操感慨刘备居然也有这么优秀的人才。当时程昱在旁边，给曹操出了个主意，他说徐庶这个人特别孝顺，父亲早死，只有母亲活着，徐庶的弟弟徐康前几年也死了，他母亲没人照管，如果能把他母亲接过来，然后让她给徐庶写封信，徐庶一定会来的。曹操觉得这个办法很好，派人连夜去接徐庶的母亲。程昱谎称曾和徐庶结拜为兄弟，天天去看望徐庶的母亲。这样跟徐庶的母亲很快熟悉了，对徐母的笔迹也熟悉了，于是模仿她的字体，给徐庶写了封信。

　　徐庶接到信，生怕曹操杀害母亲，于是马上拿着书信来见刘备，刘备看完信大哭了一番。刘备心里非常矛盾，想留住徐庶，又不忍心徐庶的母亲被曹操杀害；想放徐庶走吧，又有些舍不得。刘备最后只好恳请徐庶再留一个晚上,第二天为他送行。孙乾知道这事后,悄悄对刘备说:"徐庶是天下少有的奇才,一直在新野,知道我们军中的情况。如果让他投奔曹操,必然受到重用,我们将来危险。不如留他在这里,曹操见徐庶不去,必然杀害他母亲。徐庶为了给母亲报仇,必然帮助我们力攻曹操。"刘备说:"这样做,太没有仁义了。"

　　第二天徐庶骑马来见刘备,说:"附近有一位奇士,住在襄阳城外的隆中。你如果能请他来,比我强百倍。"刘备说:"希望你能替我请他来。"徐庶说:"这个人要你亲自去请,才能来。如能得这个人,就像周公得姜太公、汉高祖得张良一样。"刘备一听很高兴,问这个人叫什么名字,徐庶说:"他叫诸葛亮,他父亲死得很早;诸葛亮跟从他叔叔诸葛玄。诸葛玄与荆州刘表有交往,于是一起住在襄阳。后来他叔叔诸葛玄死了,诸葛亮和弟弟诸葛均在南阳以耕地为生。因为家乡有一山岗,叫卧龙岗,所以自称为卧龙先生。这个人是绝代奇才,如果能请来辅佐你,何愁天下不能安定!"刘备说:"以前听水镜先生说:'伏龙、凤雏,两人只要得其中一人,可以平天下。'你说的就是伏龙、凤雏吗?"徐庶说:"凤雏是襄阳的庞统。伏龙就是诸葛亮。"玄德踊跃道:"今日方知伏龙、凤雏之语。何期大贤只在眼前!非先生言,备有眼如盲也!"徐庶推荐了诸葛亮,便辞别刘备,向许都而去。刘备准备好礼物,同关羽、张飞去南阳请诸葛亮。

　　徐庶离开刘备后,担心诸葛亮不肯出山,所以乘马到卧龙岗,来见诸葛亮。诸葛亮问有什么事情,徐庶说:"我本来想跟随刘备干一番大事业,可是母亲被曹操抓了;前段时间母亲也写信来叫我,我只好过去。离开的时候,我把你推荐给刘备了。很快他将来请你,希望你不要推辞。"诸葛亮听了很生气,一甩衣袖进屋去了。徐庶很羞愧,悄悄离开,去许都见母亲。

第二天,刘备同关羽、张飞一起来到隆中。远远看见山上有人在种地,不知什么地方有人在大声唱歌,刘备问农夫唱歌的是什么人,农夫说是卧龙先生;刘备又问卧龙先生住在什么地方,农夫说山南,有一带高岗,叫卧龙岗。岗子前的林子里有几间茅房,就是诸葛先生的住处。刘备很高兴,骑马前去。

刘备来到庄子前面,下马亲自去敲门,一个孩子出来问是什么人。刘备对孩子说:"你就说刘备来拜访。"孩子说:"先生今天一早就出去了。"刘备问:"去哪了?"孩子说不知道,刘备又问什么时候回来,孩子说不能确定。张飞在旁说:"既然见不着,我们就回去吧。"刘备说:"我们再等一会吧。"关羽也说:"不如回去,下次叫人先上来探听准确了再来。"刘备只好对孩子说:"如果先生回来,请转告说刘备来拜访过。"然后上马回去了。

三人回至新野,过了几天,刘备派人去探听诸葛亮的消息,回来报告说诸葛亮已经回来,刘备马上叫人去准备马。张飞说:"小小一个村夫,何必麻烦哥哥亲自去,派个人去叫他来就是了。"刘备呵斥,说:"诸葛亮是当今少有的贤人,哪能派人去召!"于是上马再来拜访诸葛亮,关、张二人只好乘马跟随着。当时正好是隆冬,天气严寒,彤云密布。没走几里,忽然刮起大风,降起大雪。张飞说:"天寒地冻,远远地跑去见什么没用的人,还不如回新野躲风雪。"刘备说:"我想让诸葛亮知道我的诚意。如果兄弟怕冷,你先回去吧。"张飞说:"我连死都不怕,哪还怕冷!只是怕你冻伤身体。"刘备说:"你不要多说,只管跟着就是。"

三人来到庄前下马,刘备敲过门,问出来的孩子:"先生在家吗?"那孩子说:"他现在在堂上读书。"刘备非常高兴,于是跟着那孩子进去。到中门,听到里面有读书之声,于是立在门边等着,只见里面一位少年正在认真读书。等到里面停下来,刘备上草堂,前去施礼,说:"刘备久慕先生名气,无缘拜会。因为徐庶推荐,上次前来,没有遇见,今天特地冒风雪再来拜访。"那少年慌忙回答:"将军莫非就是刘豫州,是想见我哥哥吧?"刘备很惊讶,问:"先生不是卧龙?"那少年说:"我是卧龙的弟弟诸葛均。我们兄弟三人:大哥诸葛瑾,现在江东孙权那里;卧龙是我二哥。"刘备忙问:"卧龙先生今天在家吗?"诸葛均说:"昨天有朋友来约,出去玩去了。"刘备问:"是去哪儿玩?"诸葛均说:"有可能驾船去湖之中,或到山岭上看僧人,或到朋友家下棋去了,不能确定。"刘备感叹:"刘备福分浅薄,两次都不遇贤人!"张飞在一旁不耐烦,说:"那先生既然不在,请哥哥上马吧。"刘备正问诸葛均诸葛亮平常都读什么书，张飞说："问他干什么！风雪越来越大，早点回去吧。"刘备喝住张飞，对诸葛均说："我改天再来拜访。不过想留下一封信，表达我对你哥哥的敬仰。"诸葛均于是取出笔墨，递给刘备，刘备写完，递给诸葛均收下了，拜辞出门。

玄德回新野之后，很快到了新春。刘备选了吉日，斋戒三天，换好新衣，准备再往卧龙岗拜见诸葛亮。关羽、张飞听说都不高兴，一齐来劝刘备。关羽说："哥哥两次亲自去拜访，礼节已经很隆重。我看诸葛亮是只有虚名而没有什么实学，才避而不敢见。哥哥没有必要听世俗人的那些废话！"刘备说："不是这样的。以前齐桓公想见东郭野人，去了五次才见得一面。我想见大贤人，两三次算什么？"张飞说："我看他不过一个村夫野人，哪称得上什么大贤；我看不用哥哥去，他如果不来，我用一条麻绳捆他来就是！"刘备大吼："你难道没有听说过周文王拜见姜子牙的事？周文王如此敬贤，你怎么无礼！今天你不要去了，我和你二哥去就是。"张飞说："既然两位哥哥都去，那我也去！"

于是三人乘马再来隆中。离茅屋半里之外，刘备便下马了，正好遇上诸葛均。刘备忙着上前施礼，问："你哥哥今天在家没有？"诸葛均说："昨天晚上才回来。"说完，径直离开了。张飞说："这个人太没礼貌了！该带我们到他家，怎么自己一个人去了！"刘备说："他肯定有事嘛，计较那么多干吗。"三个人一起来到屋前敲门，又是以前的那个小孩出来开门。刘备说："有劳转告：刘备专门来拜见先生。"那孩子说："今天先生虽然在家，但正在草堂午睡，还没有醒。"刘备只好说："既然是这样，那就暂时别通报。"刘备一边吩咐关、张二人在门边等着，一边自己轻轻走了进去，只见先生仰卧在草堂上。刘备立在台阶下，很久，诸葛亮都没有醒。关、张二人在外不见动静，进去一看，见刘备仍静静地站在那里。张飞生气了，对关羽说："这先生这么傲慢！分明见我哥哥立在阶下，他却高高地躺在那里，推睡不起！等我到屋后放一把火，看他起不起来！"关羽慌忙劝住。刘备命二人只是耐心地在门外等候。过了好久，诸葛亮翻身将起，却又转过身朝壁里睡着了。那小孩准备向诸葛亮通报，刘备做了个手势，止住了。又立了一个时辰，诸葛亮才醒过来，问那孩子："有客人来没有？"那孩子说："刘皇叔在这里，站立等候很久了。"孔明起身说："怎么不早点报告！叫他等我换衣，马上出来。"于是转入后堂，又过了半晌，才穿着整齐的衣服出来。

刘备见诸葛亮长相不凡，走起路来，就像神仙一般，慌忙下拜，二人叙礼完毕，分宾主落座，喝过茶，诸葛亮说："昨天看到你的信，知道你一心忧民忧国，只是我诸葛亮年幼才疏，怕帮不了你。"刘备说："徐庶的话，一定不是骗人的。还望先生不要嫌弃我啊。"诸葛亮说："徐庶才是当今的高士，我诸葛亮不过一个农夫，哪敢谈什么天下大事？"刘备说："大丈夫胸怀奇才，哪能甘心老于山林之中？希望先生替天下百姓着想，助我一臂之力。"诸葛亮笑着说："我想听听你的想法。"刘备于是上前，靠近诸葛亮说："汉室衰败，奸臣弄权，我想挽救汉室,但是智术浅短,除了先生,无人可以帮我!"诸葛亮说:"自董卓篡逆以来,天下豪杰并起。曹操势力本来不及袁绍,然却打败了袁绍,这完全是充分运用个人智谋的结果。现在曹操又拥百万人马,挟天子以令诸侯,很显然不可以与他争锋。孙权占据江东,已经营了几代,位置险要,只可用来作为结盟的对象,而不可以攻打。荆州北抵汉、沔,南通南海,东连吴会,西通巴、蜀,这是必争之地,不是英明的人不能把守,而刘表懦弱,我看是上天有意要送给你,不知道你有准备没有?益州险要,沃野千里,是天府之国,高祖借助这里成就了霸业;现在刘璋暗弱,民多国富,却不懂得爱惜。你既是皇室之后,播仁义于天下,如果能占有荆、益,西边和少数民族搞好关系,南边安抚好彝、越的族人,向外联合孙权,对内把握好政策。等天下有变,派一员上将带领荆州士兵杀向宛、洛,你自己则率领益州士兵杀奔秦川,所到之处,老百姓一定会欢迎你的。如果是这样,那么大业可成,汉室可兴。我能给你谋划的就是这些,请你再考虑一下。"说完,命人取出一卷画,挂在堂屋中间,指着对刘备说:"这是西川五十四州的地图。你想成就霸业,曹操在北方占有天时,孙权在南方占有地利,你可占人和。先取荆州作为落脚点,然后取西川建立基业,这样形成三足鼎立之势,然后再考虑取中原。"刘备听完,拱手称谢,问:"荆州刘表、益州刘璋,都是汉室宗亲,我怎么忍心夺取?"诸葛亮说:"我夜观天象,刘表不久将死去;刘璋也不是立大业的人,汉室的振兴就看你了。"刘备听了,暗自高兴。于是刘备乘机拜请诸葛亮出山相助,诸葛亮说:"我一直在山里务农,不能出去。"刘备听了这话,当时就哭了,泪水把衣襟都沾湿了,诸葛亮见刘备确实有诚意,才决定出山,刘备大喜,忙命关、张进来,送上金麻等礼物。当晚刘备三人在庄中,住了一夜。第二天,刘备带着诸葛亮来到新野。

刘备待诸葛亮就像待老师一样,吃饭在一起,睡觉在一起,整天在一起谈论天下大事。

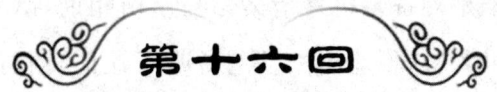

第十六回
用奇谋诸葛亮借箭
献密计黄盖受刑

　　曹操带兵南下,刘备和孙权同时感觉到威胁,于是两家决定结成联盟,共同对付曹操,刘备于是派诸葛亮到东吴去协调军事方面的事情。东吴大都督周瑜对诸葛亮的军事才能非常嫉妒,屡次想杀掉他,可是总找不到借口。有一次,周瑜召集所有将领到帐下,同时派人去请诸葛亮来一同商议战事。诸葛亮很高兴地赶到会场。周瑜问诸葛亮:"我们很快将与曹军交战,水路相遇,先生认为应当用什么兵器最好?"诸葛亮说:"大江上面打仗,当然最好是用弓箭。"周瑜说:"先生说得很对,我也是这么想的。不过现在我们军队中正好缺乏箭,想麻烦你负责赶制十万支箭,为将来的战事做准备。这是公事,希望先生千万不要推辞。"诸葛亮说:"既然是大都督交给的任务,我当然不敢推脱。不过想知道这十万支箭,什么时候要?"周瑜说:"十天之内,能否完成?"诸葛亮说:"曹操的军队很快就要赶到,如果等上十天,我担心会耽误大事的。"周瑜暗中高兴,问:"那先生认为多少天内可以完成?"诸葛亮说:"只需要三天,就可以向你上交十万支箭。"周瑜说:"先生可要想好,军中可不能随便开玩笑。"诸葛亮说:"哪敢和都督开玩笑呢！你如不相信，我愿意写下军令状：三天内办不到，愿意接受惩罚。"周瑜很高兴，立刻叫文秘当面取了纸笔写了军令状，然后摆酒款待诸葛亮，故意对他说："等完成这个任务后，我一定好好感谢你。"诸葛亮说："今天已经来不及，从明天算起吧。到第三天，你派五百人到江边取箭就是。"两人喝了几杯，各自回去。鲁肃问周瑜："诸葛亮是不是在骗人，三天怎么可能造出十万支箭？"周瑜说："他自己愿意送死，不是我逼他的。今天当着那么多人写下军令状，我到时候要他就算两胁长了翅膀，也飞不出去。我叫工匠故意拖延，所有材料，都故意准备不齐。这样，一定会耽误时间。那时我再定他的死罪，看他有什么理由。你只管去探他虚实，回来报告我就行。"

鲁肃来看诸葛亮。诸葛亮向鲁肃诉苦："三天内怎么可能造出十万支箭？你到时候一定要替我说情救我！"鲁肃说："你自己承认的，叫我怎么救你？"诸葛亮说："那你暂时借我二十只船，每船要配士兵三十人，船上要用青布做幔子遮上，每只船带草把千余个，分排在两边。我另有用处。第三天包管有十万支箭。只是这事千万不能让周瑜都督知道，如果他知道，我就死定了。"鲁肃答应，也不知道诸葛亮到底要做什么，回来如实报告周瑜，只是不提借船的事情。周瑜问诸葛亮的造箭情况，鲁肃只说诸葛亮并不用箭竹、翎毛、胶漆等材料。周瑜很疑惑，只说："我看他三天后如何向我办交割！"

鲁肃悄悄借了快船二十只，各船三十多人，以及布幔草束等物，都准备齐备，交给诸葛亮。第一天不见诸葛亮有什么动静;第二天也没见有什么动静。到第三天四更,诸葛亮悄悄请鲁肃到船上。鲁肃问叫他有什么事,诸葛亮说特意邀请他一起去取箭。鲁肃问:"去哪儿取?"诸葛亮说:"暂时不用问,去了就晓得了。"于是命令把二十只船,用铁索连起来,一直朝北岸开去。这个晚上大雾漫天,长江之中,雾气更大,面对面都看不清。五更左右,船已靠近曹操水寨,诸葛亮叫把船只头朝西尾朝东,一字摆开,然后在船上擂鼓呐喊。鲁肃很惊讶,问:"如果曹兵杀出来,怎么办?"诸葛亮笑着说:"我料定曹操大雾中一定不敢出来。我们只管喝酒取乐,等天亮大雾散了就回去。"

曹操寨中,听到擂鼓呐喊,毛玠、于禁二人慌忙报告曹操。曹操传令:"大雾迷江,敌人忽然杀来,四处一定早安排有埋伏,不要轻举妄动。马上派水军弓弩手乱箭射杀。"然后又派人到旱寨命令张辽、徐晃各带弓弩手三千人,赶到江边帮助射杀。毛玠、于禁先接到命令,派弓弩手在寨前放箭;一会儿,旱寨一万多弓弩手也赶到,一起向江中放箭,箭像下雨一样射向诸葛亮的草船。过了一阵,诸葛亮叫把船调转回来,头朝东尾朝西,逼近水寨受箭,继续擂鼓呐喊。等到天亮雾散,诸葛亮下令收船撤走。二十只船两边草束上,密密麻麻地排满箭。诸葛亮令各船上的士兵齐声喊:"多谢丞相送箭!"等曹军报告曹操时,这里船轻水急,已经离开了二十多里,想追也追不上。曹操后悔不已。

诸葛亮草船借箭

　　诸葛亮回来的时候,在船上对鲁肃说:"每只船上的箭大约五六千支。不费我们半点力气,就得十多万支箭。改天我们又用它来射曹军,真是不好意思!"鲁肃说:"先生真是神人! 你怎么知道今天有这么大的雾?"诸葛亮说:"作为将领应该懂得天文、地理、奇门、阴阳、阵图。我三天前就料定今天有大雾,所以才敢自己规定三天的期限。周都督叫我十天完成,可是工匠、材料都不齐备,甚至有意拖延,明摆着是要杀我。上天给我这条命,怎么可以随便害我!"鲁肃佩服。船到岸时,周瑜已差五百士兵在江边等候搬箭。诸葛亮叫上船搬取,将全部十多万支箭都搬到军营中来交纳。鲁肃来见周瑜,详细向他汇报了诸葛亮取箭的事情。周瑜也惊叹,不得不承认:"诸葛亮神机妙算,我不如他!"一会儿,诸葛亮来见周瑜。周瑜出帐迎接,说:"先生神机妙算,让人敬佩啊。"诸葛亮说:"小小伎俩,有什么奇怪的啊。"

　　又有一天,周瑜邀请诸葛亮到军中喝酒。周瑜说:"昨天主公派人来催促进军与曹操决战,我没有想出什么好一点的办法,希望先生帮我。"诸葛亮说:"我是个平庸无能的人,哪能有什么好办法?"周瑜说:"我昨天远看曹操水寨,严整得很,我看不是一般的办法可以进攻的。刚想出一个办法,不知道可不可以。希望先生为我决定。"诸葛亮说:"你先不说出来,我们各自写在手掌心,看相不相同。"周瑜命左右取笔砚来,自己先写了,然后送给诸葛亮;诸葛亮写完,两个移近一起,各自松开手掌,给对方看,看完,两个人都大笑起来。原来周瑜手掌中的字,是一个"火"字,诸葛亮手掌中,也是一个"火"字。周瑜说:"既然我两人想法相同,看来这个办法一定可以成功了。不过不要漏泄出去啊。"诸葛亮说:"这是我们两家的大事,哪敢漏泄?"

曹操平白无故损失了十五六万支箭,心中郁闷。荀攸进来献计说:"东吴有周瑜、诸葛亮两个人想办法,很难进攻。可派人到东吴诈降,作为内应,向我们报告消息,到时可以一举消灭他。"曹操说:"这个办法很好。只是军中派谁去好一点?"许攸说:"蔡瑁被杀,蔡家宗族其他人,都还在军中。蔡瑁的弟弟蔡中、蔡和现在是副将。你可以先重金奖赏他们,然后派他们去东吴诈降,周瑜一定不会怀疑。"曹操采纳这个意见,当夜悄悄派人叫蔡中兄弟进来,对他们说:"你们两人带一些士兵,去东吴诈降。那边有什么动静,派人来密报,事情成功后,另有重赏。不过不要有二心!"两人都说:"我们的妻子儿女都在荆州,哪敢有二心,丞相放心。我们两个一定取周瑜、诸葛亮的头来献给你。"曹操厚赏二人。第二天,二人带五百士兵,驾几只船,顺风朝着南岸开来。

周瑜正在商量如何进攻曹操,忽然有人来报江北有船来到江口,称是蔡瑁之弟蔡和、蔡中,特来投降的。周瑜命唤入。二人进来跪倒在地,哭着说:"我们的哥哥没有什么罪,却被操贼杀了。我们兄弟二人想为我哥哥报仇,特地来投降。恳请收留,愿意为先锋,前去杀敌。"周瑜很高兴,重赏两人,随即命令二人与甘宁带兵作为先锋准备进攻曹操。二人拜谢,以为中计了。周瑜悄悄叫甘宁进来,对他说:"蔡氏兄弟不带家人一起来投降,一定不是真投降,这是曹操派来作为奸细的。我想将计就计,故意让他们去通报消息。你一定记得表面上要好好款待,暗地里注意提防他们。"甘宁领命出去。

鲁肃进来见周瑜，说："蔡中、蔡和的投降，我看多半是诈降，我们得小心一点。"周瑜把鲁肃训斥了一番，说："他们因为曹操杀了他们的哥哥，想报仇才来投降，怎么可能使诈呢！你这么多疑，哪能容纳天下好人！"鲁肃只好退出来，来告诉诸葛亮。诸葛亮只是笑，而不说话。鲁肃问："先生为什么笑？"诸葛亮说："我笑你没有明白周瑜这是故意在用计。曹操的军队离这里这么远，奸细很难往来。曹操派蔡中、蔡和诈降，刺探我们的军情，周瑜将计就计，正要他们通风报信。"鲁肃猛然省悟。

却说周瑜晚上坐在军营中正处理文件，黄盖突然进来见周瑜。周瑜问："这么晚了过来，想必是有什么奇妙的计策要告诉我吧？"黄盖说："对方人多我们人少，不可以长期跟他们打下去，为什么不用火攻？"周瑜问："这个办法是谁教你的？"黄盖说："我自己想出来的，哪是他人教的。"周瑜说："我正想用这个办法，故意留蔡中、蔡和这两个诈降的人，让他们通风报信；只是恨我们军队里没有人替我去曹操那里诈降。"黄盖立刻答应："我愿意去。"周瑜说："不受些皮肉之苦，我担心曹操不会相信。"黄盖说："我受孙氏几代人的大恩，就是替他们去死也愿意。"周瑜当即拜倒在地，向黄盖表示感谢。第二天，周瑜召集全体将领开会，诸葛亮也来了。周瑜说："曹操带百万人马，连成一片，长达三百多里，我们一两天根本攻不破，得准备长期打仗。现在各位将领各领三个月的粮草，前去准备。"还未说完，黄盖站起来说："别说三个月，就是发三十个月的粮草，我看也没用！干脆，这个月能破，就破；如果这个月破不了，大家一起投降算了，免得无端送死！"周瑜当即大怒，说："我奉命统兵破贼，敢有再说投降者的一定杀头。现在两军相遇，还没有交战，你敢胡言乱语，乱我军心，不杀你，难以服众！"说完，喝令左右将黄盖推出去斩了。黄盖也不示弱，说："我自跟随主上以来，南征北战几十年，你这个小子算什么？"周瑜更加生气，喝令马上杀了。甘宁上前劝周瑜，说："黄将军是东吴旧臣老将，希望宽恕他这一次。"周瑜吼道："你敢多言，我连你也杀！"让左右把甘宁乱棒打出。所有官员都跪倒在地，为黄盖说情，周瑜看众官苦苦求情，过了一会儿说："如果不是看众人的面子，今天一定杀了你！今天免你不死！但是要打一百脊杖抵罪！"众官又向周瑜求情，周瑜起身掀翻案桌，不听众人的，大叫行杖。黄盖被剥了衣服，打了五十脊杖。众人一直苦苦求情。周瑜跳起来指着黄盖问："还敢小看我吗！今天暂时饶你五十棍！以后要有怠慢，重罚不饶！"说完气呼呼地进了帐中。众人扶起黄盖，只见黄盖被打得皮开肉绽，鲜血直流，扶回自己的房中，几次昏倒。过来探看的人，都流泪。鲁肃看完黄盖，来到诸葛亮船中，对诸葛亮说："今天都督怒打黄盖，我等都是他的部下，不敢劝说，先生是客人，为什么也袖手旁观，不说一句话为黄盖求情？"诸葛亮笑了笑说："你骗我。"鲁肃说："自从你渡江以来，我没有一件事欺骗过你。你怎么这么说？"诸葛亮说："你难道真的不知周瑜今天毒打黄盖，其实是在用计？为什么还要我劝他？"鲁肃才有点明白。诸葛亮说："不用苦肉计，那里能瞒得过曹操？周瑜一定是要黄盖去曹操那里诈降，故意让蔡中、蔡和报知这事。你要是见了周瑜，千万别说我看穿这事，只说我也埋怨他就是了。"鲁肃于是来见周瑜。鲁肃问："今天为什么要痛打黄将军？"周瑜说："其他将领是不是也埋怨我手下无情？"鲁肃说："大家都很害怕。"周瑜问："诸葛亮的意见怎样？"鲁肃说："他也埋怨你太不留情。"周瑜笑着说："看来这次是连他也瞒过了。"鲁肃问："什么意思？"周瑜说："今天痛打黄盖，不过是个计策。我想让他去诈降，所以用苦肉计让曹操相信，然后好用火攻，这样就可以取胜。"鲁肃于是更加佩服诸葛亮何等高明，只是不敢明言。

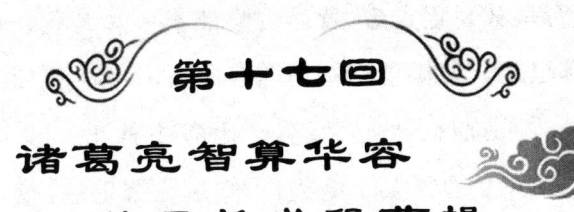

第十七回
诸葛亮智算华容
关云长义释曹操

　　黄盖用苦肉计果然骗过曹操，约定带领船只向曹操投降，实际却装上硫黄、干柴等物杀向曹军，烧得曹军措手不及。黄盖逼近曹军的船只准备登船去杀曹操，被张辽一箭射中，落下水去，张辽趁机救得曹操登岸，寻到马匹逃走了。韩当趁着火势来攻曹操的水寨，刚好碰到落水的黄盖，把他救起扶回寨中。

　　却说曹操虽然被张辽救走，可是曹军却被火势困在江中脱身不得，东吴将士趁势冲杀过来。韩当、蒋钦率军从赤壁西边杀来；周泰、陈武率军从赤壁东边杀来；正中是周瑜、程普、徐盛、丁奉大队船只。曹军着枪中箭、火焚水溺的，不计其数，当即死伤大半。甘宁在蔡中的带领下杀入曹寨深处，在凡是有草的地方放起火来。吕蒙远远望见曹寨深处火起，也到处放火，接应甘宁。潘璋、董袭到曹营其他地方分头放火呐喊，四下里鼓声大震。

　　曹操与张辽带着百多人，在火堆中逃窜，正走着，碰上毛玠和文聘带着十多骑赶来。曹操命令二人上前开路。张辽指着前面说："只有乌林那边，宽阔可走。"于是曹操跟在张辽后面直奔乌林。正走着，背后吕蒙带着一队人马赶来，大喊："曹贼哪里走！"曹操催促军马继续向前，只留张辽断后，来挡住吕蒙。可是前面火把又起，从山谷中拥出一支军，大叫："凌统在这里！"曹操几乎绝望，不知道往哪里逃，忽然一彪人马杀到，大叫："丞相不要慌！徐晃在这里！"徐晃赶来混战一场，曹操趁机夺路朝北继续逃跑，刚跑出不远，忽然前面山坡上一队人马等着，曹操暗自吃惊，徐晃拍马上前一问，原来是袁绍手下的降将马延、张凯带三千兵马专门在这里列寨等候，曹操稍微放心一点。曹操命马延、张凯二将带一千人马上前开路，其余的留在身边保护自己。马延、张凯二将飞马上前。行不到十里，喊声大起，一彪人马拦住去路，一将横刀立马，大叫："我是东吴甘宁！"马延上前，正要交锋，早被甘宁一刀斩于马下；张凯挺枪来迎战，甘宁大喊一声，张凯措手不及，也被甘宁手起一刀，斩于马下。有军士飞报曹操，曹操叫朝彝陵方向逃。路上撞见张郃，曹操命令张郃断后，防止敌军追杀。曹操一路加鞭，一直跑到五更，回头看火光渐远，才慢慢安定下来。曹操问左右是什么地方，左右说是乌林西边，宜都正北方向。曹操见树木丛杂，山川险峻，在马上仰面大笑，几位将领问："丞相为什么大笑？"曹操："我不笑别人，只笑周瑜没有谋略，诸葛亮缺少智慧。如果是我指挥军队，肯定会预先在这里埋伏一支军队，敌人必然吃亏。"话还未说完，两边鼓声响起，火把四处闪动，吓得曹操差点落下马来。一队人马飞一般地冲杀过来，大叫："我是赵子龙，奉军师命令，在这里等候你好久了！"曹操慌忙命令徐晃、张郃来战赵云,自己带领其余人马趁乱逃走。赵云不来追赶,只顾抢夺散落的旗帜、战马,曹操得以逃脱。

天蒙蒙亮,黑云突然笼罩过来,东南风刮起,瓢泼大雨倾盆而来,曹军衣甲全部湿透。曹操不敢停留,与士兵冒雨前进,将士都饿得发慌,实在走不动。曹操命令士兵到村落中去抢粮食,找火种。正准备做饭,后面一军飞奔赶到。曹操心里发慌,准备迎战。原来却是李典、许褚保护着曹操的一批谋士赶来,曹操喜出望外,命令军马继续出发,问:"前面是什么地方?"左右回答:"一边是南彝陵大路,一边是北彝陵山路。"曹操问:"哪条路到南郡江陵去近?"左右说:"北彝陵经过葫芦口去最近。"曹操于是让走北彝陵。行至葫芦口,所有人都饿得走不动了,马匹也困乏,有的士兵和马匹都饿倒在路上,曹操只好传令前面暂时歇息。有带锅的,到村里抢得一点粮食,在山边拣干处埋锅做饭,割马肉烧了吃。所有将士都脱去湿衣服,迎着风头吹晒;马匹都摘下鞍子放出去啃草根。曹操坐在林子里,又仰面大笑。众将问:"刚才丞相笑周瑜、诸葛亮,引出赵云来厮杀一番,损失了许多人马。现在又是笑什么?"曹操说:"我笑诸葛亮、周瑜终究智谋不够。如果是我指挥军队,就这个地方,埋伏一队军马,以逸待劳,我等就是逃得性命,也不免重伤。他们终究没想到这点,我所以笑他们。"正说着,前军、后军一阵喊声,曹操惊慌,来不及穿铠甲,单衣上马。其他将领很多都来不及收马。四处火烟燃起,山口一军摆开,只见张飞,横矛立马,大叫:"曹操老贼往哪里跑!"曹操士兵看见了张飞,一个个都吓得半死。许褚骑着一匹没鞍子的马来战张飞。张辽、徐晃二将，慌乱中也骑得一匹马来夹攻。两边军马混战成一团。曹操先拨马走脱，其他将领紧随其后也得脱身。张飞被曹操三员将领缠住，无法来追赶。曹操跑出很远，才松了口气。

正行走着，有士兵来问："前面有两条路，请问丞相走哪条路？"曹操问："哪条路近？"军士回答："大路稍平，不过要多走五十余里。小路投华容道，近五十里，只是地窄路险，坑坎不好走。"曹操命人先上山观望一下情况，回来报告："小路山边有几处烟火；大路那边没有什么动静。"曹操传令前军带路，走华容道小路。几位将领问："有烽烟处，一定有军马，为什么还要走这条路？"曹操说："诸葛亮有点计谋，故意派人在山边点起烟火，使我们不敢从这条山路走，他却在大路上埋伏士兵等着。被我料定，我偏不中他的计！"将士都说："丞相真是神机妙算，没有人可以赶得上你。"于是全军奔华容道而走。

走了一阵，曹操发现前军停止不进，忙派人问是什么原因。军士回报："前面山陡路窄，又因早晨下雨，沟渠内积水很深，人马陷进去，走不动。"曹操大怒，吼道："军队逢山开路，遇水架桥，哪有怕泥泞，不能行走的道理！"当即传下命令，让老弱有伤的士兵在后面慢慢跟上，强壮的担土抱柴，搬草运芦，去开道，务必要让军队继续行动起来，违抗命令的杀掉。将士都下马步行，在路旁砍伐竹木，填塞山路。曹操又怕有敌军追来，命令张辽、许褚、徐晃带百骑握刀监督，凡是走得慢，耽误前进的都杀掉。这个时候所有将士都饥饿难耐,很多人昏倒在地,曹操也不管,命令其他人马踩着前进,死的人越来越多。号哭的声音越来越大,曹操听了越是烦躁,大骂:"生死有命,哭什么!谁再哭,马上杀掉!"当即有三分之一的人马落在了后面,三分之一的人马死在了沟壑中,只有三分之一的跟随曹操。过了山头,路稍微平坦一点,曹操回头一看,只有三百多人跟着,曹操催促急行。又走了几里,曹操在马上扬鞭大笑。所有将士都问:"丞相为什么又大笑?"曹操说:"人人都说周瑜、诸葛亮足智多谋,在我看来,到底是无能之辈。如果是我,在这个地方埋伏几百人,我们都只能活活被捉了。"

话还未说完,前面一声炮响,五百校刀手排成两队一字摆开,中间站着关羽,提着青龙刀,骑着赤兔马,拦住了去路。曹军见了,早已吓破胆,面面相觑,都不知道逃跑了。曹操在马上鼓舞士气,说:"既然到这种境地,大家只能决一死战!"几位将领说:"人倒是不怯,可是马已经没有力气了,怎么战?"程昱靠近曹操说:"我了解关羽这个人,他对上很傲慢,可是对下级却能平易相处,可以抗击强暴,却从不欺凌弱小;恩怨分明,很讲情义。丞相以前对他那么器重,现在只要你亲自出去和他说几句话,他肯定可以放过我们的。"

曹操果然拍马上前,在马上跟关羽打个招呼:"关将军离开之后一向还好?"关羽说:"感谢你过去的照顾。不过今天奉军师的命令,特地在这里等你。"曹操说:"我兵败力弱,到这里无路可走,希望将军看在过去你我的交情上,网开一面。"关羽说:"过去你对我确实很好,我一直不敢忘记,不过我已经斩了颜良，杀了文丑，替你解了围，算是报答你了。今天的事情，我只能公事公办，不敢徇私！"曹操说："你离开我的时候，过五关、斩六将，还记得吗？如果我派大军追杀，想必将军也很为难吧？"关羽是个义重如山的人，想起以前曹操的许多恩义，以及后来过关斩将的事情，确实觉得有些愧对曹操。现在又看见曹操这样一副落魄不堪的样子，哪像个丞相，更像一只斗败的公鸡，心中更加不忍。于是调转马头，对五百士兵说："四散摆开。"这毫无疑问就是要放走曹操的意思。曹操趁关羽调转马头的时候，和其他将领一齐冲了过去。等关羽回转过身来，曹操和主要的将领都过去了。关羽在马上大喊一声，曹军还没逃走的士兵，都哭拜在地上，关羽从未碰上这么悲惨的士兵，更加不忍。正在马上犹豫，这时候张辽纵马过来。关羽见了，想起过去同在曹营相处的友好感情，长叹一声，把所有的人马都放走了。

曹操从华容道逃脱。来到谷口，回头一看，紧随自己的，只有二十七骑。天快黑的时候，到了南郡，前面火把齐明，一簇人马拦住去路。曹操惊魂未定，自叹："我这次真是死定了！"过了一小会儿，前面的一群哨马冲过来，却并不厮杀，一看才知道是曹仁的人马。曹操稍稍放心。曹仁接进去，其他将士也都进南郡休息。曹仁大摆酒席给曹操解闷，其他将士谋臣都在座，饿得发慌，只顾抢东西吃。曹操忽然仰天大哭起来。所有谋臣问："丞相在逃难之中，从来没有害怕过；现在到了城里，将士有了吃的，马匹也有了草料，只需整顿之后，就可以带领兵马复仇，为什么反而痛哭？"曹操说："我哭郭嘉啊！如果他在，我绝对不会有这次大败！"说完又捶胸大哭，所有谋士一时都不说话，惭愧得很。第二天，曹操命令曹仁管理荆州；夏侯惇把守襄阳；张辽为主将，乐进、李典为副将，镇守合肥，安排完毕，带领剩余将士奔回许昌。曹仁派曹洪据守彝陵、南郡，以防周瑜。

关云长放了曹操，带军回去。其他各路军马，都抢得马匹、器械、钱粮，战利品很多；只有关羽所带人马没有带回一人一骑，只身来见刘备。诸葛亮和刘备正在互相道贺，庆祝破曹操大胜，突然报告关羽回来。诸葛亮急忙离开座席，拿着酒杯出去迎接，说："关将军这次立下盖世奇功，为普天下扫除大害，真应该好好庆贺啊！"关羽只是不说话。诸葛亮问："将军难道是怪我们没有远道来迎接你，才这样不高兴吗？"诸葛亮故意转过身问左右："你们为什么不早点报告我关将军回来的时辰？"关羽说："我是特地来请罪的，我该死。"诸葛亮问："莫非是曹操没有从华容道经过？"关羽说："他从那里经过了。只是我无能，让他逃脱了。"诸葛亮又问："那一定有捉住他的将士回来吧？"关羽说："一个都没有抓住。"诸葛亮说："这一定是你想起曹操以前对你的恩情，故意放他走了。你出发的时候立有军令状在这里，那不得不按军法行事了。"说完叫武士推出去斩了。刘备急忙说："我和关羽、张飞三人以前结拜的时候，发誓同生共死。今天他虽犯法，实在不忍违背以前的盟约让他先死。希望军师看在我面子上，暂且把这罪过记下，等将来立功赎罪。"诸葛亮这才饶了关羽。

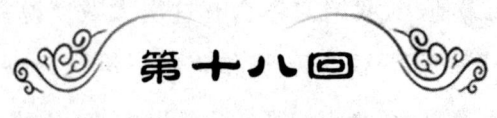

第十八回
马超兴兵雪恨
曹操割须弃袍

　　马超在西凉，有天夜里做了一个梦：梦见自己躺在雪地上，一群老虎扑过来乱咬。梦中受了惊吓，于是醒来。马超觉得奇怪，召集帐下将领，告知梦中的事情。心腹校尉庞德说："这个梦，可不吉祥。"马超说："详细一点，说来听听。"庞德说："雪地里遇到老虎，这种兆头本来就是坏的。莫非是老将军在许昌出什么事情了？"话还没有说完，马超的堂弟马岱，独自一个人，摇摇晃晃地扑了进来，哭倒在地上，说："叔父与弟弟都死了！"马超急忙问是怎么回事。马岱说："叔父与侍郎黄奎密谋杀曹操，不幸事情泄露，反被曹操算计杀了，二弟同去也遇害。我自己逃得快，扮成商人，连夜逃回。"马超听说父亲被害，当场哭倒在地。其他将领急忙救起。马超咬牙切齿，恨不得立刻把曹操碎尸万段。

　　马超随即点西凉二十万军马，准备攻打曹操。正要出发，忽然有人来报告西凉太守韩遂派人来请马超。马超到韩遂的府上，韩遂给马超一封信，是曹操写给韩遂的。信中说如果韩遂将马超捉到许昌，将封韩遂为西凉侯。马超看完，跪在地上说："请叔父把我兄弟二人绑了，解赴许昌吧，你可以得到官位，免得大动干戈。"韩遂扶起马超，说："我和你父亲结拜为生死弟兄，哪忍心害你？你如果兴兵讨伐，我尽全力相助。"马超拜谢。韩遂当着马超的面将曹操派来的人推出去杀了，然后点手下八员将领：侯选、程银、李堪、张横、梁兴、成宜、马玩、杨秋，一同带兵进发。八将随着韩遂，会合马超手下的庞德、马岱，一共起二十多万大兵，杀奔长安来。

长安太守钟繇听说马超杀来，一面飞报曹操，一面带兵到野外提前布好阵，准备抵抗。马超派马岱做先锋，带军一万五千，浩浩荡荡，漫山遍野而来。钟繇出马问话，马岱握一口宝刀，不回话，直接与钟繇交战。不到一个回合，钟繇大败逃走，马岱提刀追来。马超、韩遂随后带大军赶到，围住长安。钟繇逃回城里坚守，不敢出战。长安是西汉初年建的，城池坚固，壕沟很深，一时很难攻下。马超一连围了十天，不能攻破。庞德向马超献计说："长安城城池坚硬，我们进不去，水又碱，饮食不方便，野外连柴也找不到，将士生活成问题。围了十几天，没有成效，我看不如暂时收军，我们只需照我下面说的去做，长安可以轻松攻下。"马超听了庞德的办法也觉得很好。即时派人将"令"字旗传给各部人马，全部撤军，为了防止钟繇带兵杀来，马超亲自断后。马超和韩遂各部人马渐渐退去。钟繇第二天登上城楼，远远看见马超人马都退了，想追杀又不敢，担心中计；派人出去哨探，果然远去，才放心。马上打开城门，让军民出城砍柴取水，让人自由出入。到第五天，突然有人报马超兵马杀回来了，军民争着入城，钟繇依然闭城坚守。

155

钟繇的弟弟钟进把守西门，三更时候，城门里一阵火起。钟进带着人马急忙来救，城边突然转过一人，举刀纵马，大吼一声："庞德在此！"钟进根本没想到庞德这个时候会在这里，来不及躲避，被庞德一刀斩于马下，庞德杀散其他士兵，然后斩关开门，把马超、韩遂等军马放入城去。钟繇从东门弃城逃走。马超、韩遂于是得了城池，重赏庞德。

钟繇退到潼关，派人飞报曹操。曹操得知失去了长安，马上派曹洪、徐晃带一万人马，去替钟繇坚守潼关。并规定如果十天内丢失了关隘，则杀头；如果十天外，则不干他二人的事。自己统率大军随后赶赴潼关接应。曹洪、徐晃二人得了命令，连夜出发。曹洪、徐晃临出发，曹仁向曹操说："曹洪性子急躁，担心出事。"曹操便命令曹仁先押送粮草，随后赶往潼关，去接应曹洪、徐晃二人。

曹洪、徐晃二人赶到潼关，接替钟繇守关隘，并不出战。马超派士兵到关下，把曹操祖宗三代一遍一遍地数骂。曹洪大怒，要提兵下关去厮杀。徐晃苦劝："这是马超故意激将军去厮杀，千万不要中他的计。等丞相大军赶来，他自有安排。"马超的士兵白天黑夜轮流来骂，曹洪坚持要来厮杀，多次被徐晃苦苦挡住。到第九天，曹洪在关上看见西凉士兵都把马放了，坐在草地上闲着；有的甚至在地上睡觉。曹洪便叫人备马，点起三千兵马杀下关来。西凉兵弃马抛戈，四散逃跑。曹洪哪里肯放啊，穷追不舍。正好徐晃在关上检查粮车，听说曹洪下关厮杀去了，吃惊不小，马上带兵赶来，才出城门，忽然背后喊声大起，马岱带兵杀来。曹洪、徐晃急忙往回走的时候，山背后两支军马杀出来，拦住去路：左边是马超、右边是庞德，混杀过来。曹洪抵挡不住，所带人马损失大半，曹洪冲出重围，独自逃回到关上。西凉兵随后冲进关去，曹洪只得弃关再逃。庞德一直追到潼关，曹洪撞见曹仁军马，侥幸得救。马超赶来，接应庞德，迎回关上。

曹洪丢了潼关，自己跑来见曹操。曹操说："我给你十天期限，你怎么才到第九天就丢了潼关？"曹洪说："西凉兵马，百般辱骂，后来又看到他们士兵懈怠，我乘势赶去，谁知中贼奸计。"曹操责备徐晃："曹洪年幼暴躁，徐晃你该懂事！"徐晃说："我劝了好多次。这天我在关上检查粮车，哪知道他一个人下关了。我怕他有闪失，连忙赶下去，已中奸贼的计了。"曹操大怒，命人推曹洪出去杀了。大家求情，才获免，曹洪认罪告退。

曹操亲自带大军奔潼关来。曹仁说："可先安顿好了，然后攻打不迟。"曹操命令将士砍伐树木，立起排栅，分作三寨：左寨曹仁，右寨夏侯渊，曹操自己居中寨。第二天，曹操带三寨大小将领，杀奔关隘，正好遇到西凉军马。两边各自摆成阵势。曹操出马，站在门旗下，看西凉兵马，人人勇猛，个个英雄。又看见马超年轻得很，脸白得像抹有粉，虎背熊腰，血气方刚，穿着白袍银铠，手握长枪，立在阵前；庞德、马岱分立两旁，曹操暗暗称叹。曹操拍马上前对马超说："你是汉朝名将的子孙，为什么要背叛朝廷？"马超咬牙切齿，大骂："老贼！你害我父亲弟弟，我和你有不共戴天的大仇！我一定要活捉你，然后吃你的肉！"说完，挺枪直杀过来。曹操背后于禁出马迎战。两马交战，战不过八九回合，于禁败走。张郃又出马迎战，战不到二十回合也败走。李通接着出马迎战，马超一枪刺李通于马下。马超把枪往身后一招，西凉兵马像虎狼一样一齐冲杀过来。曹兵大败。

曹操割须逃跑

西凉兵马来势凶猛，曹操左右将士，都抵挡不住。马超、庞德、马岱带百余人，直奔中军来捉曹操。曹操在慌乱之中，只听到西凉军马大叫："穿红袍的是曹操！"曹操在马上急忙脱下红袍。又听到大叫："长胡须的是曹操！"曹操惊慌，拔出佩刀割断胡须再逃。马超军中有人将曹操割髯的事，告诉马超，马超令人喊："割断胡须的是曹操！"曹操听到，随手扯了块军旗包住脖子赶紧逃走。

曹操慌忙逃跑的时候，背后一骑赶来，回头一看，正是马超，曹操几乎吓下马来。左右将士见马超赶来，只顾自己逃命，哪还敢管曹操。马超在身后大叫："曹操哪里跑！"曹操听到，吓得马鞭落在地上。马超眼看赶上，从后面挺枪刺来。曹操绕树而逃，马超的枪深深地插在树上，一时拔不出来，曹操趁机逃远。马超纵马赶来，山坡上转过一将，大叫："不要伤害我主公！曹洪在此！"抢刀纵马，便拦住马超。曹操得命逃脱。曹洪与马超战到四五十回合，渐渐刀法散乱，气力不加，幸好夏侯渊带几十骑赶到。马超独自一个人，怕被他们人多暗算，于是拨马回去，夏侯渊不敢来追赶。

曹操回寨，清点人马，又损失了一些军马。曹操入帐感叹："我如果杀了曹洪，今天肯定死在马超手下！"于是叫曹洪进来，重加赏赐。收拾部队，坚守寨栅，深沟高垒，不许任何人出战。马超每天带兵来寨前辱骂挑战。曹操传令军士坚守，如乱出就杀头。将士说："西凉士兵，都使长枪，应当选派弓弩手射杀。"曹操说："战与不战，决定于我，不是在马超。

马超军队虽有长枪,就一定能刺杀到我们?大家坚守着,马贼会自己撤退的。"所有将领都私下议论说:"丞相从来打仗,都是冲在最前面的,现在跟马超交战失败,没想到就这么胆小!"

过了几天,探子来报告:西凉又来一万人马来为马超助战。曹操听说,很高兴。各位将领问:"马超添兵,为什么丞相反而高兴?"曹操说:"等我取胜了,再告诉你们。"三天后又有人来报:又有新的军马来到长安。曹操听说后又大笑一阵,在帐中大摆筵席为这事祝贺。所有将领暗中笑曹操。曹操问大家:"我知道大家都笑我没有破马超的办法,你们有什么好的计谋?说来我听听啊。"徐晃说:"丞相现在把主要兵马屯集在这里,马超也把全部人马布置在外面的关上,这里距离河西不远,那边一定没有什么准备,如果派一支人马暗中渡过蒲阪津,占据有利位置,截断马超退路,然后丞相派大军到河的北岸攻打,马超两边不能相互救应,一定慌乱,我们必然取胜。"曹操对大家说:"徐晃所说,正是我的意思。"当即让徐晃带领精兵四千,和朱灵一起去偷袭河西,埋伏在山谷中,等待曹操带兵渡过河岸后,两边同时发动攻击。徐晃、朱灵领命先带四千人马悄悄出发去了。曹操又命曹洪在蒲阪津,安排船只,留曹仁守寨,曹操然后亲自带领士兵渡渭河。

早有探子报告给马超。马超说:"曹操不攻打潼关,而派人准备船只,一定是想渡过渭河去,然后向我的后面发动进攻。我应该带一支人马沿着渭河岸边布阵,守住北岸。只要曹操渡河不成功,不要二十天,河东粮食耗尽,曹操兵马必乱,然后我沿渭河南岸发动攻击,曹操一定被我捉住。"韩遂说:"其实用不着这样。兵法上明明说:'兵马渡过河一半的时候,最宜发动进攻。'等曹操军队渡到一半的时候,你在南岸发动进攻,曹操兵马都只能淹死在水中。"马超觉得韩遂的办法很好,于是派人去打探曹操什么时候渡河。

却说曹操的军队集合完毕,曹操分成三拨渡渭河,等人马赶到河口的时候,天已经亮了。曹操先派精锐部队渡过北岸,然后马上安营扎寨。曹操亲自率领亲随护卫军将士几百人,握剑坐于南岸,看着军队渡河。忽然有士兵来报:"后边白袍将军到了!"大家都知道是马超,争着上船,一时秩序大乱。曹操仍然坐着指挥而纹丝不动。一会儿后,只听到人喊马嘶,一队人马蜂拥而来,许褚从船上跳下来,一把抓住曹操,说:"敌人包围过来!请丞相快点上船!"曹操仍然一点不害怕,嘴里仍然说:"敌人来了有什么好怕的?"回头一看,马超离自己已经不到百步左右,许褚拖着曹操离开岸边。许褚把曹操推上船,等已离岸一丈多远后,一步飞身上船去。岸上将士很多被逼下渭水,来抓住曹操的船,争着上船逃命。船太小,几次差点翻了,许褚拔出腰刀乱砍,抓住船的手指全部被砍断,掉入船中,人则落进水中。船摇晃得厉害,许褚立在梢上,忙用木篙撑住。曹操吓得瘫坐在许褚脚边。马超赶到河岸,船已经漂到河中,一看上不去,于是拈弓搭箭,命其他将士都来绕着河乱射。箭像雨一样射过来,许褚怕射伤曹操，左手举马鞍遮住。马超在岸上箭不虚发，船上驾船的人，一个个应弦落水，船中有几十人都被射倒。一时船无人驾驶，在急水中打转。许褚用两腿夹住舵摇动，一只手用篙撑住船，一只手举鞍遮住曹操。这个时候渭南县令丁斐，在南山上，看见马超追杀曹操，怕曹操受伤，于是将寨内牛马，全部驱赶到山上，一时间漫山遍野，都是牛马。西凉士兵见了，都转身去争抢牛马，无心追赶曹操，曹操因此逃脱。到了北岸，便命人把船筏凿沉。其他将领听说曹操在河中有难，都赶来相救，曹操正好上岸。许褚身穿重铠，箭全嵌在铠甲上。一群将领保护着曹操进入刚搭好的兵营中，都来向曹操问安。曹操笑着说："我今天差点被几个小毛贼围困！"许褚说："如果不是有人放牛马引诱敌兵，敌军一定一同杀过河来。"曹操问："放牛马的是谁？"有知道的说："是渭南县令丁斐。"曹操命人去请丁斐，丁斐入见。曹操说："如果不是你想出这个好办法，我今天就被马超捉住了。"于是厚赏丁斐，丁斐说："敌人虽然暂时回去了，明天一定还会回来。我有更好的办法对付他们。"曹操笑了笑说："我已经准备好了。"马上命令将领各自分头去河边筑甬道，作为寨脚，等敌兵到来，布置士兵于甬道外面，里面虚设旌旗，作为疑兵；在河边悄悄挖下壕沟，上面洒上蓬松泥土，在甬道外布置士兵故意引诱。

　　却说马超回去见韩遂，说："今天差一点捉住了曹操！有一员猛将，勇猛无比，背曹操下船去，让他跑脱，不知道这个人是谁。"韩遂说："曹操曾经挑选一批精干强壮的人，作为帐前侍卫，叫作虎卫军，由猛将典韦、许褚带领。典韦已死，想来今天救曹操的人，一定是许褚。这个人力大无比，大家都叫他虎痴，如果遇到，千万小心。"马超说："我早就听说过这个人。"韩遂说："今天曹操渡过渭河，想要偷袭我军后部。我们应该尽快攻打他，不能让他立住阵脚。等他立稳了，就很难攻打。你守住大寨，我带人马沿河岸去打曹操，你看怎样？"马超同意，并命令庞德为先锋，同韩遂前去。

韩遂和庞德带领五万兵马，到达渭河南岸。曹操命令将士只在甬道两旁引诱。庞德先引一千多铁骑，冲杀过来。喊声起处，人马一起落到陷马坑里。庞德跃身一跳，跳出土坑，立在平地上，杀了几十人，步行冲出重围。韩遂被困在中间，庞德步行过去援救，正遇着曹仁部将曹永，被庞德一刀砍死在马下，夺得他的马，杀开一条血路，救出韩遂，两人朝东南慌忙逃出。背后曹兵赶来，马超引军接应，杀败曹兵，救出了小半军马。战到天黑各自回去。计点人马，韩遂损失了将领佐程银、张横，陷坑中死了二百多人。马超与韩遂连夜商议："如果拖延太久，曹操在渭河北岸立起了营寨，到时很难攻克，不如乘今夜带轻骑去劫营。"韩遂说："得分兵前后，相互救应才行。"于是马超亲率兵马作为先锋，命令庞德、马岱为后应，当夜出发。

当夜，曹操收兵暂时驻扎在渭河北岸，连夜召集将领，说："马超趁我们来不及立寨，一定会来劫营。我们可以四处埋伏。等敌军一到，号炮一响，埋伏的士兵一起冲出。"众将得令,很快埋伏完毕。当夜,马超却先让部将成宜带领三十骑往前打探,成宜见无人马,直奔大寨。曹军以为西凉主要兵马到了,于是放起号炮,四面伏兵一起冲出,却只围得三十骑,成宜被夏侯渊杀掉。马超随后从曹军背后与庞德、马岱兵分三路杀来。当夜两兵混战,直到天明,各自收兵。马超只损失三十人,而曹军损失则难以计数。

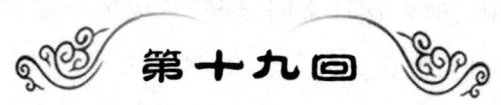

第十九回

许褚裸衣斗马超
曹操抹书间韩遂

　　曹操渡过渭河北岸，想南北夹击马超，而马超则屯兵渭河河口，由韩遂带领一支人马，兵分两路，前后攻击曹操。曹操想连通南北两岸，于是在渭河上集结了大量的船只，用锁链连成一片，搭成三条浮桥。曹仁带兵来夹河立寨，运粮草车辆作为屏障。马超知道后命令士兵各挟草把一束，带着火种，和韩遂带军一起杀到寨前，堆积草把，放起火来。曹军抵挡不住，弃寨逃走。车辆、浮桥、粮草全被烧毁。西凉兵获得大胜，截住渭河。曹操立不起营寨，心中恐慌。荀攸献计："可以取渭水泥沙土石筑起土城，凭借它坚守。"曹操于是派三万人马担土筑城。马超又派庞德、马岱各带五百马军，往来冲突，沙土不结实，刚一筑起就倒，曹操一时毫无办法。当时正是九月将尽，天气暴冷，彤云密布。曹操在寨中着急。军士来报有一位老人要见丞相，自称有办法可以帮助筑城。曹操忙令人请进去。曹操一问，才知道原来是隐居终南山的高人，叫娄子伯。娄子伯问："听说丞相想在河边筑城，为什么不趁这个时候筑？"曹操说："沙土不结实，筑垒不起。请问你有什么好办法教我？"娄子伯笑着说："丞相用兵如神，怎么不知道利用天时？连日来阴云密布，大风一起，气温一定下降。大风起后，派兵士运土泼水，等到天亮，土城不是筑好了吗？"曹操称好，厚赏娄子伯。

当天晚上，果然北风大作。曹操派五万兵士担土泼水，随筑随冻。到天亮的时候，沙水冻紧，土城已筑完。有探子报知马超。马超领兵来看，大惊，怀疑有天神帮助。第二天，曹操集结大军，鸣鼓来进攻马超。曹操独自乘马出营，只带许褚一人跟着。曹操扬鞭大喊："我曹操单人过来，请马超出来答话。"马超乘马挺枪而出。曹操说："你以为我立寨不成，我一个晚上就筑好，你还不投降，还要等到哪个时候！"马超大怒，想冲过来捉曹操，只见操背后一人，睁圆大眼，手握钢刀，勒马紧紧跟着。马超怀疑是许褚，用马鞭指着问："听说你军中有员虎将，在哪儿？"许褚提刀大喊："我许褚就是！"马超看许褚威风，不敢乱动，勒马回营。曹操也带着许褚回寨。曹操回去对其他将领说："没想到敌军也知道许褚是虎将！"许褚说："改日一定生擒马超。"曹操说："马超勇猛，不能轻视他。"许褚说："我发誓与他决一死战！"当即派人去向马超下战书，只说曹军虎将要单挑马超。马超接到挑战书大怒："敢这样小看我！"当即答应迎战虎痴。

第二天，两军出营摆成阵势。马超令庞德为左翼，马岱为右翼，韩遂在中间。马超挺枪纵马，站在阵前，大叫："虎痴快点出来！"曹操在门旗下对自己的将领说："马超的勇猛决不在吕布之下！"还未说完，许褚拍马舞刀而出，马超挺枪接战。两人斗了一百多个回合，不分胜负。马匹支持不住，各自回到军营,换了马匹,又出阵交战。又斗一百多个回合,不分胜负。许褚性起,飞马回阵中,脱了盔甲,赤裸上身,翻身上马,来与马超决战。两军士兵看了都暗自吃惊。两个又斗到三十余合,许褚举刀来砍马超,马超闪过,一枪朝许褚心窝刺来。许褚扔了刀将马超的枪挟住,两个人在马上夺枪。许诸力大,只听咔嚓一声响,拗断枪杆,各拿半截在马上乱打。曹操怕许褚有闪失,于是命令夏侯渊、曹洪两将齐出来夹攻马超。庞德、马岱见曹操将领齐出,率两翼铁骑,横冲直撞,混杀过来。操兵大乱。许褚手臂中了两箭,慌忙退入寨中。马超一直率军杀到壕边,曹操兵马损伤大半。曹操命令坚守不出。马超仍回到渭口,对韩遂说:"我从来没有这么大战过,许褚真是个'虎痴'。"

却说曹操在寨中已经想好了攻破马超的办法,命令徐晃、朱灵悄悄渡过河西结营,准备前后夹攻。有一天,曹操在城上看见马超带数百骑兵,直逼寨前,往来如飞。曹操看了好久,恨恨地把头盔丢在地上说:"马超小儿不死,我就死无葬身之地!"当时夏侯渊在旁边听了,心中气愤,说:"就算我死在这里,也要消灭马超小贼!"说完,带本部千余人,打开寨门,直赶下去,曹操来不及拦住,怕他有闪失,慌忙上马前来接应。马超见曹兵杀来,命前军作后队,后队作先锋,一字儿摆开。夏侯渊杀过来,马超接住厮杀。马超于乱军中看见曹操,就撇了夏侯渊,直奔曹操。曹操慌乱,拨马就走。曹兵于是大乱。马超正穷追之际,忽有来报曹操有一队军马,已在河西扎下了营寨,马超大惊,无心追赶,急忙收军回寨,来与韩遂商议。问韩遂："曹操兵马乘虚已渡过河西，我军前后受敌，该怎么办？"部将李堪说："不如割地请和，两家各自罢兵，过了冬天，到春暖再作打算。"韩遂也说李堪的主意可以考虑。马超犹豫不决，杨秋、侯选等人也劝求和，于是韩遂派杨秋为使，到曹操寨下送信，说割地请和的事情。曹操对杨秋说："你先回去，我改天回答你们。"杨秋回去。贾诩来见操，问："丞相是怎么想的？"曹操反问贾诩："你认为该怎么办？"贾诩说："这个时候如果用反间计，令韩、马自相猜疑，那么很快可以取胜。"曹操拍掌大笑说："天下高明的想法，常常不谋而合。你我正好想到一起了。"于是派人给马超、韩遂回信，说："等我慢慢撤走之后，就归还河西等地。"一面搭起浮桥，准备撤军。马超得信，对韩遂说："曹操虽然答应求和，不过狡诈多变。如果不防备，一定会反受他控制。我与你轮流调兵，今天你率兵提防曹操，我去对付徐晃；明天我带兵防曹操，你对付徐晃，分头提防，防他有诈。"韩遂同意。

　　马超和韩遂分头提防的安排早有人报告给曹操，曹操对贾诩说："看来我们成功了！"问探子"明天是谁对我们这边？"探子说是韩遂。第二天，曹操带领所有将领出去，左右围绕着，曹操独骑一马站在中间。韩遂部下很多人不认识曹操，出来观看。曹操故意高喊："你们不是都想看看我曹操吗？我其实跟一般人一样，没有四只眼睛、两张嘴巴，只不过多一点智谋而已。"韩遂将士都有几分害怕。曹操派人到对阵对韩遂说："丞相请韩将军答话。"韩遂出阵来看，见曹操没穿铠甲，没带兵器，所以也丢开衣甲，单衣匹马过来。二人马头相对,曹操说:"我与将军的父亲,一起举孝廉,曾经以亲叔叔看待他。我和你又是一齐开始做官的,转眼这已经是很多年前的事情了。将军今年多大年纪?"韩遂说:"四十岁了。"曹操说:"以前我们在京城,都还是年轻人,没想到这么快就到中年了!真希望天下早点太平,我们可以共度晚年!"两人在马上只说过去的交情,一点也不提军情,说完大笑而回。早有人将这事报告给马超。马超急忙来问韩遂:"今天你和曹操在阵前都说了些什么事?"韩遂说:"只说了以前在京城的往事。"马超问:"一点都没有谈军务?"韩遂说:"曹操不提,我怎么好一个人说?"马超很怀疑,没再问什么就回去了。

曹操回到军营,来问贾诩:"你知道我到阵前跟韩遂说话的用意不?"贾诩说:"你的主意很好,不过我看还不足以离间他们二人。我有一个办法,可以让韩遂、马超自相仇杀。"曹操问是什么办法。贾诩说:"马超是个勇士,但是不懂得计谋。你可以亲笔写封信,但只给韩遂,中间有些字要故意写得模糊不清,尤其是在要害处,要涂抹改动。送给韩遂后,还要故意让马超知道。马超到时必然向韩遂要信看,如果看见上面要紧处,都有改动,一定猜是韩遂怕马超知道机密事情,而自行涂抹的,再结合单骑会面后的猜疑,二人之间必然生乱。我再暗地结交韩遂部下,让他们互相离间,马超输定了。"曹操也说这个办法很好。

曹操随即写了一封信,将紧要处都涂改了,然后封上,故意派很多从人送过寨去,送了信便回来。果然有人报告马超。马超心里更加猜疑,来到韩遂处要看书信。韩遂将信给了马超。马超见上面到处是涂改的字,问韩遂:"信上怎么改得这么糊涂?"韩遂说:"原来就是这样,不知道为什么。"马超说:"岂有将草稿送给人的道理呢? 一定是你怕我知了详情,先涂改了。"韩遂说:"可能是曹操将草稿装错了寄来。"马超说:"我就不相信了。曹操是极其细致的人,怎么可能有差错? 我与你并力杀贼,怎么都没想到你忽然生二心?"韩遂说:"你如不信我的话,明天我在阵中和曹操说话,你从阵里突然杀出,一枪杀死他好了。"马超说:"如果是这样,就证明你是真心的。"两人约定。第二天,韩遂带领侯选、李堪、梁兴、马玩、杨秋五将出阵。马超藏在门旗下。韩遂派人到曹操寨前,大喊:"韩将军请丞相答话。"曹操不出来,只命令曹洪带数十人来到阵前与韩遂相见。相隔只有几步,曹洪在马上向韩遂打完招呼,说:"前些晚上丞相拜托将军的事情,千万不要耽误了啊。"说完就回去了。马超听了大怒,挺枪拍马,直奔韩遂。五将拦住马超,劝回寨。韩遂对马超说:"侄儿千万不要猜疑,我没有歹心。"马超哪里肯信。韩遂回到军中与五将商议,问这事该怎么向马超解释。杨秋说:"马超倚仗勇猛,常有欺凌你的意思,即使将来胜了曹操,回到西凉怎么肯容纳我们? 依我看来,不如悄悄投靠曹操,将来少不了封侯。"韩遂说:"我和马腾结为生死兄弟,怎么忍心背信弃义?"杨秋说:"事情到今天这个境地,只能这样了。"韩遂问谁可以去向曹操通报消息,杨秋说他就可以,于是韩遂写了封信,派杨秋悄悄来到曹操寨中,商议投降的事情。曹操大喜,答应封韩遂为西凉侯、杨秋为西凉太守,其余的人都有相应的官爵。约定以放火为号，一同攻打马超。

杨秋回来见韩遂，详细说了其中的经过，韩遂大喜，马上命令士兵在帐后堆积干柴，五位将领各自准备好兵器听候命令。韩遂想设宴骗马超过来，然后在席间杀掉他。正犹豫不决，没想到马超早已探听到详细情况，便带领几个亲随，带剑杀奔过来，命令庞德、马岱随后接应。马超悄悄进入韩遂帐中，正见五将与韩遂小声商议，听到杨秋口中说："事不宜迟，得马上动手，杀掉他！"马超大怒，挥剑直入，大喝一声："群贼居然敢谋害我！"几个人大吃一惊。马超一剑朝韩遂面门剁去，韩遂慌张，用手遮挡，左手当场被砍落。五将挥刀一起杀来，马超闪出帐外，五将围着马超混杀。马超独自挥动宝剑，力敌五将。剑光闪处，鲜血溅飞，砍翻马玩，剁倒梁兴，另外三将各自逃生。马超复入帐中来杀韩遂时，已被左右救走。马超正在怒头上，帐后一把火起，喊杀声起。马超连忙上马，庞德、马岱赶到，互相混战。马超带兵杀出时，曹兵四路大军杀来：前有许褚，后有徐晃，左有夏侯渊，右有曹洪。慌乱之中，马超不见了庞德、马岱，独自带一百多人，挡在渭桥上。天色微明，李堪率领一支人马从桥下路过，马超挺枪纵马来追赶。李堪拖枪逃走，恰好于禁从马超背后赶来，于禁开弓射马超。马超听得背后弦响，急忙闪过，却射中前面的李堪，李堪落马而死。马超回马来杀于禁，于禁害怕，拍马逃走了。马超回到桥上，曹操兵马主力赶到，虎卫军在先，乱箭夹射马超。马超以枪遮挡，箭纷纷落地。马超命令随从骑马往来突杀。怎奈曹兵围裹太厚，不能冲出。马超在桥上大喝一声，杀出重围，但是随从全被截断。马超独自在乱军中冲杀逃窜，却被暗弩射中战马，马超摔倒在地上，曹操士兵逼过来。正在危急时候，西北角上一彪军突然杀来，却是庞德、马岱。二人救了马超，将军中一匹战马给马超骑了，翻身杀出条血路，朝西北方向逃走。曹操听说马超逃脱，传令所有将士："不分昼夜，一定要捉到马超。提得首级，赏黄金千两，封万户侯；生擒，封大将军。"众将得令，都想争功，穷追不舍。马超顾不得人马困乏，只顾逃命。随从渐渐跟不上，步兵跑不快的，全被擒去。最后只剩得三十余骑跟着，与庞德、马岱朝陇西临洮逃去。

　　曹操率兵亲自追到安定，确信马超逃远，才收兵回长安。曹操回来奖赏将士，所有将领都得到了封赏，韩遂已没有了左手，成了残废，曹操封他为西凉侯。杨秋、侯选都封为列侯，命令继续把守渭口。然后下令班师回许都。

第二十回
关羽刮骨疗毒
吕蒙白衣渡江

关羽领兵五千来攻打樊城。

当天关羽来到北门，立马扬鞭，指着对面大骂："你们这些鼠辈，还不早点投降，要等到什么时候？我如果攻下城池，你们后悔都来不及！"曹仁在对面楼上，看见关羽身上只披了件掩心薄甲，斜挂着绿袍，急忙招五百弓弩手，悄悄赶到一齐放箭。关羽勒马往回走，没防住，右臂上中了一箭，翻身落马。曹仁在楼上看见关羽落马，马上带兵冲出城来，幸好关平赶来，和曹仁一阵混战，救了关羽回寨，拔出手臂上的箭。原来箭头上有药，毒已浸入骨头，关羽右臂青肿，不能活动。关平慌忙召集众将商议，说："我父亲右臂中箭，短时间内不能迎敌，不如暂时劝他回荆州调理。"于是各位将领入帐来见关羽。关羽问："你们来有什么事？"各位将领说："将军右臂受伤，大家担心战场上有什么闪失，误了大事。大家希望将军暂时班师回荆州调理一段时间。"关羽大怒："我攻取樊城，志在必得；尽快拿下樊城后，得带大军长驱直入，杀奔许都，剿灭操贼，匡扶汉室。哪能因为这点小疮而误大事？谁敢慢我军心推出去杀掉！"关平等不敢再说，只好退出来。各位将领见关羽不肯退兵,箭疮又不能及时痊愈,只得四方寻找名医。忽然有一天,有人从江东驾小船到来,直至寨前。卫兵带着来见关平。来人告诉关平,他叫华佗,知道关羽是天下少有的英雄,听说中了毒箭,特来为他医治的。关平问:"莫非就是以前医治过东吴周泰的名医?"华佗说正是,关平大喜,当即与所有将领带着华佗入帐来见关羽。当时关羽因为臂疼,没有什么可以消遣的,又怕乱了军心,正和马良下棋,听说有医生到,立即叫进来。相互见过礼,喝完茶,华佗来给关羽看伤。关羽脱下衣服,伸臂让华佗看。华佗看过,说:"这是弩箭射伤的,上面涂抹有乌头毒药,这种药可以直透入骨;如果不早点治疗,这条胳臂就没用了。"关羽问:"该用什么药物才能治好?"华佗说:"我倒是有办法,只是担心你害怕啊。"关羽笑着说:"我把死看得就像睡觉一样,有什么害怕?"华佗说:"需要在安静处立一根大柱子,上面钉上大的圆环,把你右臂放在圆环里面,再用绳子绑住,用被子蒙住眼睛。我用尖刀割开皮肉,一直深入到骨头,刮去骨上箭毒,用药敷上,用线缝住伤口,这样就没事了。就是担心关将军害怕。"关羽笑着说:"这个,简单得很!哪用得着什么柱子圆环?"关羽命令摆酒席款待华佗。

关羽喝了几杯酒,一面仍然和马良下棋,一面伸出右臂让华佗去割。华佗取来尖刀,叫一个士兵捧着一个大盆在手臂下接血。华佗对关羽说:"我开始了,请将军不要害怕。"关羽说:"你随便处理就是,我哪是怕痛的人!"华佗于是下刀,割开皮肉,一直切到骨头上,推开肉一看,骨头已发青;华佗用刀去刮骨,声音咔咔直响。帐里的人看了都一个个吓得面上失去血色。关羽却喝酒吃肉,谈笑下棋,像一点都不知道痛。一会儿,血流满了一盆。华佗刮干净骨头上的毒,敷上药,用线缝好。关羽站起来,笑着对在场的将领说:"这条臂又能伸展活动,没有痛的感觉。先生真是神医!"华佗说:"我做了一辈子的医生,从来没有见过这么勇敢的人。将军真是天神啊!"

关羽箭疮很快愈合,摆酒席感谢华佗。华佗说:"箭疮虽然治好,但是要细心调养。一定不要动不动就生气,注意防止不小心碰到。再过两三个月,就能完全好。"关羽拿出一百两黄金感谢华佗。华佗说:"我是敬仰将军的大名,特地来为你医治的,哪里希望什么回报!"坚决不接受关羽的重谢,只留下一服药,继续敷疮口,然后告辞了。

却说关羽捉了于禁,斩了庞德,探子报到许都,曹操吃惊不小,急忙召集文武商议,说:"关羽智勇盖世,现在占了荆襄,如虎生翼。于禁被捉,庞德被杀,我们军队士气受挫,如果关羽率兵一直杀到许都,我们该怎么办?我想迁都躲开他,想听听大家的意见。"司马懿站起来说:"不可以。于禁被捉,是孤军深入太远的原因,对于我们的主力来说,算不上什么大损失。现在孙权和刘备关系闹僵,关羽在荆州取胜,孙权一定不会高兴,可以派人到东吴向他们摆明利害关系,暗通孙权,让他带兵从关羽背后发动进攻,可以向他许诺,等他扫除关羽,割让江南给他,这样樊城的威胁就自然解除。"主簿蒋济也起来附和司马懿的意见,曹操同意,于是决定不再迁都。

关公刮骨疗毒

　　孙权接得曹操的信，看完，很高兴地答应了，当即写了封信让人带回交给曹操。然后召集文武商议，如何两面对付曹操和关羽。张昭说："关羽活捉于禁，斩杀庞德，曹操害怕关羽直逼许都，本想迁都躲避。现在又面临樊城危急，才派人来求救，我担心事成之后，曹操会变卦。"孙权没有说话，忽然有人来报吕蒙乘小船从陆口赶来，有事禀报，孙权叫进去。吕蒙说："现在关羽带兵攻打樊城，我军可以乘他远出，趁机攻打荆州。"孙权说："我想向北攻打徐州，你认为怎么样？"吕蒙说："曹操的主力远在河北，没有时间顾及东边，徐州守兵肯定不多，所以只要攻打，一定会取胜的，不过徐州地势适合陆战，而不利水战，即使暂时攻下，将来不好把守。我还是认为不如先攻打荆州，占据长江，再考虑其他地方。"孙权说："我其实早想攻打荆州，刚才所说，不过是想看看你的想法。既然我们想法一致，你带兵先去，我随后带大军赶来。"

　　吕蒙离开孙权，回到陆口，早有探子来报告：长江沿线，或二十里，或三十里，所有高地处均设有烽火台。荆州军马操练认真，一定有准备，吕蒙听了报告，暗自叫苦："如果是这样，荆州难攻。我又在孙权面前力主攻打荆州，现在该怎么办？"一时想不出办法，于是装病不出，一面派人回去报告孙权。孙权听说吕蒙生病，心里着急。陆逊说："吕蒙应该没病，我看他是装的，不是真有病。"孙权说："既然你知道他是在装病，你可以亲自过去探看一下。"陆逊领命，连夜来到陆口寨中，来见吕蒙，果然看不出有病。陆逊说："听说你病了，我奉主公的命令,特地来看你。"吕蒙说:"偶然生点小病,哪用你跑这么远来看望啊。"陆逊说:"主公把这么重的任务交给你,你不抓住时机发动进攻,而一个人在家郁闷,这是为什么?"吕蒙看着陆逊,不说话。陆逊又说:"我有个药方,能治你的病,不知道你愿意用否?"吕蒙屏退左右,问是什么药方,陆逊笑着说:"你的病啊,不过是因为荆州兵马操练认真,沿江有烽火台防备较严,害怕攻不下而已。我有一个办法,可以让荆州兵马,束手就擒,想不想听?"吕蒙侧耳认真听着。陆逊说:"关羽自以为自己英明过人,以为天下无敌,但平常稍微担心的是你。你为什么不趁这个机会,推托有病,回去;把陆口的重任让给其他人,然后让接任的人写封信好好赞扬一下关羽,有意使他更加骄纵,这样他以为荆州无事,必然从这里撤走大量兵马开赴樊城。于是你可以趁荆州没有防备,派兵突然袭击,荆州唾手可得。"吕蒙一听,高兴得很,连声说:"好办法,好办法!"

果然吕蒙装病不起,向孙权上书辞职。陆逊回来见孙权,把这个主意向孙权说过。孙权于是召吕蒙回建业养病。吕蒙回来,入见孙权,孙权问:"陆口任上,以前周瑜推荐鲁肃接替他出守;后来鲁肃又推荐你,你现在也得推荐一个有才能的人代替你到那边接任。"吕蒙说:"如果用一个有才能,而且名气大的人,关羽一定会加强防备。我看陆逊做事精细,而现在名气还不大,关羽一定不会太在意他;让他代替我,我看最合适。"孙权大喜,当即拜陆逊为偏将军、右都督,代替吕蒙把守陆口。陆逊接过印绶,连夜赶往陆口,交割马步兵水军后，马上写了一封信，顺便带上马匹、锦缎、酒礼等物，派人到樊城送给关羽。当时关羽正在调养箭疮，忽然有人来报：江东陆口守将吕蒙病重，孙权调回调理，刚命令陆逊为将，代替吕蒙把守陆口。陆逊派人送来信件以及其他礼物，特地来拜见。关羽叫进去，关羽暗自笑孙权目光短浅，怎么派这么一个无名小辈来守陆口。送信人进来，跪在地上送上信件和礼物。关羽拆开一看，语气极其谦卑谨慎。关羽看完，仰面大笑，命令左右收了礼物，打发送信人回去。送信人详报陆逊，陆逊大喜。

陆逊悄悄派人去探听关羽的消息，果然听说关羽撤走荆州大半兵马赶往樊城，只等他箭疮完全好后，准备进兵攻打樊城。陆逊随即派人连夜报告孙权，孙权召吕蒙商议："关羽从荆州撤兵，准备攻打樊城，我们可以趁机袭取荆州。你与我弟弟孙皎带大军前去，怎么样？"吕蒙答应，孙权于是拜吕蒙为大都督，总率江东诸路军马，命孙皎在后接应粮草。吕蒙点兵三万，快船八十余只，选会水的人扮作商人，都穿白衣，在船上摇橹，将精干士兵埋伏在深船中。然后派韩当、蒋钦、朱然、潘璋、周泰、徐盛、丁奉等七员大将，随后出发。吕蒙一面派人给曹操送信，让曹操进兵，从背后袭击关羽，一面传报陆逊，然后让白衣士兵驾快船奔浔阳江去，直抵北岸。江边烽火台上士兵盘问，只说是商人，因江中风大被阻，到这里暂时躲避一下。随即用财物贿赂守关士兵。这些士兵于是让他们随便停泊在江边。晚上二更，深船中的精兵一齐杀出，将烽火台上官兵杀掉，其余八十多只船上的精兵一起杀出，将紧要去处墩台上的士兵，全部捉入船中绑了，一个也没走脱。然后长驱直入，直奔荆州，路上都没有被发觉。快到荆州，吕蒙将沿江墩台的官兵抓来，用好言抚慰，再加重金奖赏，让他们去骗开城门，约好纵火为号。等到半夜，城下叫门，门卫认得是荆州士兵，开了城门，吕蒙趁机占领关口。入城后，在城门上放起大火，城外吴兵一起杀入，占领了荆州。吕蒙传令军中：如有随便杀人，乱取民间财物者，按军法处斩。派军士将关羽家属接过去好好照顾，不许人打扰。一面派人报告孙权。

一天，下着大雨，吕蒙上马，带着数人到城上巡逻。忽然看见一个士兵用老百姓的箬笠遮盖铠甲，吕蒙叫左右拿下，一问竟然是吕蒙的老乡。吕蒙说："你虽是我同乡，但我有命令在先，你故意违抗，当按军法处斩。"士兵跪倒在地求情，说："我是怕雨淋湿官铠，才取来遮盖，并不是用于私用。望将军看在老乡的情面上，饶过我这一回吧！"吕蒙说："我当然知道你是为了遮盖官家铠甲，然而总不该拿百姓财物。"喝令左右推出去斩了。从此东吴军队在荆州不敢碰百姓一点财物。

孙权带兵赶到荆州，吕蒙出来迎接。孙权大赏将士，命放出于禁，送回曹营。孙权对吕蒙说："荆州已得，但是公安傅士仁、南郡糜芳，这两处怎么才能收回？"吕蒙不敢回答，虞翻站起来说："不需要一兵一马，让我去游说公安傅士仁来投降。"孙权问："你有什么办法，可让傅士仁来投降？"虞翻说："我从小和傅士仁有交情，我去向他陈说利害关系后，他一定会来归顺的。"孙权大喜,于是命令虞翻带五百人,去公安。

却说傅士仁听说荆州被东吴占了,命令闭城坚守。虞翻赶来,见城门紧闭,只好写信拴在箭上,射到城中。有士兵拾得,送到傅士仁这里。傅士仁拆信一看,原来是来招降的,而且是朋友写来的,事到如今,恐怕只能投降了,于是大开城门,请虞翻进城。二人见过面,虞翻向傅士仁说起孙权是何等宽宏大度,敬重贤人,士仁大喜,当即同虞翻带着印绶来荆州投降。孙权很高兴,命令傅士仁仍旧把守公安。吕蒙趁机悄悄对孙权说:"现在没有捉到糜芳,留傅士仁于公安,担心时间久了他有其他变化,不如派他到南郡去招糜芳来归降。"孙权于是对傅士仁说:"早听说糜芳与你感情深厚,你如果能招糜芳来归降,我当对你另有重赏。"傅士仁当即答应,只带十几骑,直奔南郡来招安糜芳。

却说糜芳也听说荆州被孙权占领,正感觉到自己的孤危。忽然有人来报公安守将傅士仁到城下,糜芳急忙迎接入城。傅士仁说:"我并不是不忠。势力单薄,不能坚持,我不得已已降孙权。你何不也早点投降算了?"糜芳说:"刘备一直对我们恩重如山,不忍心背叛啊!"傅士仁说:"关羽在荆州的时候,一直想吞并你我二人的地盘,如果他得胜回来,你我二人一样坐不安稳。"糜芳正在犹豫不定,忽然有人来报,关羽派人来了,糜芳接到大厅上。使者送上关羽的书信,信中说:军中缺粮,特来南郡、公安取白米十万石,要糜芳、傅士仁连夜送去,如有耽误,处斩。糜芳看完信大惊,对傅士仁说:"荆州已被东吴占领,这粮怎么送得过去?"傅士仁说:"那还迟疑什么!"当即拔剑,把关羽派来的人杀了。糜芳问:"你怎么可以杀关羽的人?"傅士仁说:"关羽的意思,正是要找借口杀我们两人。我们哪能等死?你现在不早点投降东吴,一定会被关羽杀掉的。"两人正在说话,忽然有人来报吕蒙带兵杀到城下。糜芳不得已,同傅士仁出城投降。吕蒙大喜,同糜芳一起来见孙权。孙权重赏二人,安抚完百姓,大赏三军。从此整个长江沿线几乎都被孙权占领。

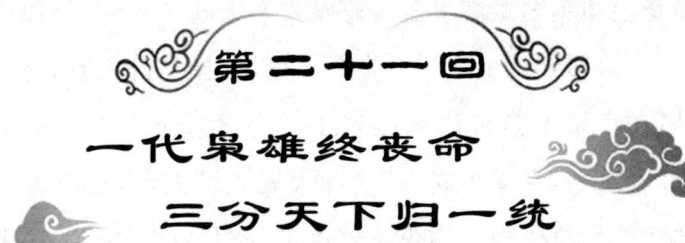

第二十一回
一代枭雄终丧命
三分天下归一统

　　曹操想在洛阳新建造一座宫殿,准备取名为建始殿。贾诩当即向曹操推荐一位叫苏越的巧匠。曹操召入,命令先画一幅准备新建的宫殿草图。苏越很快画成九间大殿,前后廊庑楼阁环绕,送给曹操看。曹操看完很高兴,说:"你画得很合我的心意,就由你负责建造吧。"曹操担心建造那么大的宫殿,难以找到像样的树木做大梁,苏越说:"离洛阳城三十里处,有一口潭,名字叫跃龙潭。潭前有一个祠堂,叫跃龙祠。祠旁有一棵大梨树,有几十丈高,砍来做建始殿的大梁是很合适的。"曹操大喜,随即命令士兵去跃龙祠砍梨树。

　　第二天,有士兵来报,这根梨树坚硬无比,锯拉不开,斧砍不动,根本砍不了。曹操不信,自己带了几百骑,飞马来到跃龙祠前,仰面看那树,亭亭如华盖,高得看不到末梢。曹操命人去砍,有几位老人上来说:"这棵树已经几百年了,常有神人住在上面,恐怕砍不得。"曹操大怒,说:"我平生行军,走遍天下,前后几十年,上至皇帝,下至平民百姓,没有谁不怕我的,哪有什么妖神,敢违抗我!"说完,拔出自己所佩的宝剑亲自来砍,只听得铿铿直响,一点都没有砍出什么痕迹,不过曹操身上却莫名溅满了血。曹操着实大吃了一惊,扔掉宝剑飞身上马,回到宫里。当天晚上二更,曹操坐卧不安,坐在殿中,趴在小桌上模模糊糊睡着了。忽然看见一个人披着长发,握着宝剑,身穿黑衣,杀气冲天地走到面前,指着曹操吼道:"我就是梨树神。你想盖建始殿,贪图个人享受,却来砍我的神木! 我知道你快要死了,今天特地来成全你!"曹操大惊,急忙喊:"我的武士快来!"梨树神握剑向曹操砍来,曹操大叫一声,忽然醒来,发现头脑疼痛得不可忍受。当即传令宫中所有良医都来治疗,全然不见一点好转,于是传令向全国遍求良医。

华歆来见曹操,说:"大王听说过神医华佗没有?"曹操问:"你指的是给周泰治过刀伤的那个?"华歆说:"正是。"曹操说:"虽然听说过,不过不知道他医术到底怎样。"华歆说:"华佗医术高妙,当今天下人人都佩服他。不管什么样的病人,他或用药,或用针,手到病除。如果是五脏六腑有病,吃药不能奏效,他用麻肺汤让病人喝了,使病人像喝酒醉了一样,然后用尖刀剖开他的腹部,用药水洗其脏腑,病人一点都感觉不到疼痛。洗完,然后用药线缝住切口,用药敷上,或一个月,或者二十天,很快就好了,就是这么神妙! 有一天,华佗走在路上,听到一个人在呻吟。华佗说:'这人肯定是胃有问题。'一问,果然是。华佗叫人取蒜泥汁三升,让病人喝下,一会吐出一条二三尺长的蛇,以后就可以正常吃饭了。广陵太守陈登,总是心烦意乱,面色发红,食欲不振,找华佗医治。华佗让他喝下药,吐出三升都是红色的虫子。陈登问是什么缘故,华佗说是因为吃鱼太多,体内中毒。现在虽治好了,但是三年之后,还会复发的,那时就不能再治了。果然陈登三年后死了。又有一个人眉间长了一个瘤子,痒得不得了,华佗看了,说里面有可飞物体,没有人相信。华佗用刀割开后,一只黄雀飞了出去,病人马上就好了。有一个人被狗咬了手指,随后长出两块肉,一块痛一块痒,都不能忍受。华佗说:痛的是里面有十颗针,痒的是里面有黑白棋子二颗,也是没有人相信。华佗用刀割开,果然是那样。这个人简直可以和扁鹊相提并论!现在居住在金城,离这里不远,大王为什么不召他来?"

　　曹操立即派人连夜请华佗入宫。华佗把完脉,说:"大王头脑疼痛,是患风而起。病根在脑袋中,风涎出不来,药水根本不起作用。我有一个办法:先喝下麻肺汤,然后用锋利的斧子砍开脑袋,取出风涎,这样才可以除根。"曹操大怒,说:"你想杀我啊!"华佗说:"大王应该听说过关羽中毒箭,射中右臂,我为他刮骨疗毒的事情。关羽没有一点害怕,现在大王小小一点毛病,竟然怕成这样?"曹操说:"臂痛可刮,脑袋怎么可以砍开?你一定是与关羽感情深,想借这个机会,为他报仇!"说完叫左右拿下华佗关了起来。贾诩进来说:"像华佗这样的良医,太少见了,不可以轻易杀掉。"曹操说:"这个人想趁机害我,和吉平没什么两样!"命人继续拷问。

　　华佗在狱中,碰到一个狱卒,姓吴,大家叫他"吴押狱",这个人每天用酒食好好供养华佗。华佗很感激,对他说:"我现在是将死的人,遗憾的是我写的《青囊书》不能流传于世。

感谢你的照顾，没有什么可以报答你，我写封信给家人，你拿着去我家，《青囊书》就送给你，希望你好好看，将来继承我的医术。"吴押狱大喜，说："我如果得到这本书，就不做这个小官，去医治天下的病人，去好好传布先生的美德。"华佗当即写好信交给吴押狱。吴押狱来到金城，向华佗的妻子要了《青囊书》。吴押狱回到家，把书藏了起来。几天后，华佗被杀死在狱中。吴押狱买了棺木埋葬了华佗，辞了差役回家，准备取《青囊书》来细看，却看见妻子正在烧那本书。吴押狱大怒，连忙去抢，整本书已被烧掉，只剩下一两页。吴押狱大骂妻子。妻子说："就算学得与华佗一样神妙的医术，有什么用？还不是只落得死在牢中的下场，不如把它烧了！"吴押狱惋惜得很。所以《青囊书》没有流传于世，所传者只是阉鸡割猪等技术，就是烧剩的一两页中记载的。

曹操自杀华佗以后，病势越来越严重。而吴、蜀两地的事情，又令他忧心忡忡。正在考虑怎么对付吴、蜀的时候，忽然有人来报，东吴派人送信来了。曹操取信拆开一看，大意是：孙权劝曹操早点做皇帝，同时要曹操派人去剿灭刘备，扫平两川，而孙权本人愿意来归顺。曹操看完大笑，同时传给其他大臣看。曹操说："孙权小儿想让我蹲在炉火上去！"侍中陈群说："汉室本来已经衰微，大王功德无量，普天下的人都对你很敬仰。现在孙权称臣归顺，这正是全国上下的人的共同呼声。大王应该顺应天下的人想法，早登皇位。"曹操笑了笑说："我做汉朝大臣这么多年，虽对天下百姓有些功德，然而我被封为王，已经达到爵位的极限，哪还敢有其他的奢望呢？假如天命偏爱我，那我就做周文王吧。"司马懿说："现在孙权既然称臣归附，大王可以对他封官赐爵，然后命令他出兵攻打刘备。"曹操觉得这个办法很好，于是封孙权为骠骑将军、南昌侯，领荆州牧。当天就派人去东吴告知孙权。

曹操病情一天比一天严重。有一天晚上梦见三马同槽吃马料。天亮，曹操问贾诩说："我以前曾经梦见三马同槽，当时怀疑是马腾父子要作乱，现在马腾早死了；昨天晚上又梦见三马同槽，这是什么预兆？"贾诩说："禄马，是吉兆。禄马归于曹，是大王将做皇上的预兆，这还有什么怀疑？"曹操因此没有多想。这天晚上，曹操躺在床上，到三更时候，觉得头脑昏眩，于是勉强支撑着起来，靠着小桌而睡。忽然听到殿中有撕碎布帛的声音，曹操抬头一看，忽然看见伏皇后、董贵人、两个皇子，还有伏完、董承等二十多个人，浑身鲜血，站在愁云中，隐隐约约听到喊救命的声音。曹操急忙拔剑朝空中砍去，忽然大响一声，殿宇西南一角垮塌下来。曹操惊倒在地上，周围侍卫救了出去，从此迁到另外的宫中养病。又一个晚上，曹操听到殿外男女哭声不断。到天亮，曹操召集群臣，对他们说："我在军队中，三十多年，从来不信有什么怪异的事情。现在怎么却让我经历这么多？"有人说："大王应该命令道士设醮修禳。"曹操叹息说："圣人说过：得罪了上天，祷告也没用。我天命将尽，哪有什么救啊？"最终不允许设醮。

又过一天，曹操觉得有一股气直冲大脑，眼睛看不见任何东西，急忙召夏侯惇进来商议。夏侯惇刚至殿门前，忽然也见伏皇后、董贵人、二皇子、伏完、董承等,立在阴云之中,夏侯惇当场昏倒,左右扶出去,从此也得重病。曹操召曹洪、陈群、贾诩、司马懿等,到病床前,吩咐后事。曹洪跪在地上说:"大王你安心养病就是,过不了几天就会好的。"曹操说:"我一生纵横天下三十多年,大部分军阀都被我消灭,只有江东孙权、西蜀刘备,还没有剿除。我现在病重,不能再和你们商议大事,我家里的一些事情想托付大家:我的大儿子曹昂,是刘氏所生,不幸早年死于宛城;现在卞氏所生四个儿子:曹丕、曹彰、曹植、曹熊。我平生最爱的是第三个儿子曹植,不过他为人浮华不够踏实,又好喝酒,放任骄纵,因此不能立他。第二个儿子曹彰,勇敢但缺乏谋略;第四个儿子曹熊,从来体弱,恐怕年岁不长。唯有大儿子曹丕,为人忠厚,办事谨慎,可以继承我的事业。我恳请你们辅佐他。"曹洪等人都哭泣了。曹操命令近身侍卫把平日收藏的名香取出来分给侍妾,并且对她们说:"我死后,你们大家一定要好好学习做女工,多织丝纳鞋,卖了可以养活自己。"还要她们居住在铜雀台,每天要给他上一次香。又传令在彰德府武城外,设立七十二个疑冢,担心其他人知道他的墓地,去挖他的坟。吩咐完毕,长叹了一声,很不舍地流泪了。过了一会儿,就死了,死时六十六岁。

　　曹操死后,曹操的文武将士都很悲痛。曹洪派人去向曹丕、鄢陵侯曹彰、临淄侯曹植、萧怀侯曹熊处报丧。其他人用金棺银椁将曹操入殓,连夜抬灵柩赶往邺郡。曹丕听说父亲死了,自然很伤心,放声痛哭,亲率他的大小官员出城十里,伏道迎入城里,将灵柩停在偏殿。所有官僚都挂孝,一同在殿上大哭。

曹操一死,华歆在许昌胁迫汉献帝下诏封曹丕为魏王、丞相、冀州牧。随后,曹丕在曹操下葬的同一天就在曹操部下的拥戴下登位,受大小官僚拜谒。

结局:公元 220 年旧历十月,也就是曹操死后半年左右,曹丕在部下的拥戴下,表面上是用和平的方式接受了汉献帝的禅让,实际就是逼迫汉献帝让出了皇位,自己做了皇帝,立国号为魏。曹丕就是魏文帝,他敬称他父亲曹操为魏武帝。曹丕篡汉、并迫害汉献帝的消息传到成都刘备那里,上下一片惶恐。诸葛亮以及刘备的其他部下都劝刘备继承汉室血统,也登皇位,刘备坚决推辞。随后,诸葛亮等人秘密准备了半年,于公元 221 年旧历四月率领其他部下再一次请求刘备登位,刘备只好答应,于是立国号为蜀汉。刘备在成都登位的消息传到东吴孙权那里,孙权也蠢蠢欲动,准备了一年,于公元 222 年在建业称帝。从此,正式形成魏、蜀、吴三足鼎立的局面。

魏、蜀、吴三国之间一直战事不断。先是,蜀汉征吴,关羽和张飞先后被吴杀害,刘备急于给关、张二人报仇,领大军草率出发。结果战事不利,损兵折将,军力上受到了很大的削弱。刘备忧愤成疾,一病不起,即位三年之后就死了,刘禅继任为皇帝。刘禅虽然不像刘备那样有雄才大略,积极进取,但是在诸葛亮的辅助之下,最初还能勉强维持下去。吴国因为自己也需要休整,暂时放松了对蜀汉的进攻,魏主曹丕派司马懿、邓艾、钟会等人分头进攻汉中等地,虽然也取得过一些胜利,但总体上都被诸葛亮挫败。公元234年诸葛亮病死于四川,蜀汉的境况越来越危险。魏国也加强了对蜀汉的进攻,公元263年,魏国将领司马懿、邓艾等人全面进攻蜀汉的主要所在地四川,很快攻克了绵竹等要地,最终于公元265年活捉了刘禅,灭掉了蜀汉。

魏国从第三代皇帝曹芳起,大权开始旁落。在征蜀汉过程中,司马懿和他的两个儿子建立的功劳最大,所封的爵位也最高,逐渐对皇帝构成了威胁。公元265年,司马懿的二儿子司马炎仿效曹丕篡汉的先例,废掉了魏元帝曹奂,立自己为皇帝,改立国号为晋。司马炎休养了十多年,国力逐渐强大起来,于公元280年一举灭掉了东吴,至此完成了对全国的统一。